新典社選書120

言葉で繙く平安文学

保科　恵　著

新　典　社

はじめに

文学作品は、言葉によって書かれています。ですから、文学作品を享受するには、言葉による以外に方法がありません。そうである以上、文学作品を読むうえでは、作品に書き込まれている言葉を、一つ一つきちんと注意しながら読まなければならないのです。これは、言うまでもない当たり前のことですけれども、大前提としてしっかりと認識しておく必要があります。

そんな面倒くさいことをわざわざ考えなくても、文学作品を読んで楽しむことはできるという意見もあるかもしれません。文学作品を読むのに大切なことは、そこに「何が」書かれているかということだという考え方です。たしかに、それ自体は大切なことで、否定することはできません。けれども、「何が」書かれているか、と同時に、それが「どう」書かれているか、ということは重要で、けっして忘れて良いことではありません。それは、重ねて言いますが、文学作品が言葉によって書かれたものだからです。「何が」と「どう」とが一体になって出来上がったものが文学作品なのですから、一方の「どう」を人任せにして「何が」だけを考えようとしているのであれば、他人の読みに追従して文学作品を受け入れているに過ぎないでしょう。

言葉には、特殊性と普遍性があります。時代やジャンルによって変化するものと、それらの違いに関わらず一貫しているものです。文学作品を読んでいると、特殊性に目が向きがちですけれども、後者を前提として前者があるのですから、その両方を意識しなければなりません。

古典の文章は、近代の文章とまったく同じものではありません。文法も単語も違うところがありますから、古典の文章を読んで、近代の文章を読むようには簡単に理解できないことも少なからずあるでしょう。けれども、古典の文章と近代の文章には、言葉として共通するものがあって、古典の文章だからといって、言葉としてありえないことが書かれているはずがありません。そんなことがあったとしたら、言葉を相手に正しく伝達することができないからです。

古典の文章と近代の文章の違いを安易に拡大解釈して、意味が通じないと感じるところを古典の文章の特殊性だと決めつけるべきではありません。言葉としての普遍性を基軸としたうえで、古典には古典の、近代には近代の文章の特殊性を見て行くのでなければならないのです。

これから、文学作品の言葉をどのように捉えて読んで行くべきなのか、ということを、平安時代の仮名文章を中心として考えて行こうと思います。ただ、取り扱っているものが平安時代の仮名文章だとしても、それが平安時代の仮名文章だけにしか通用しない読み方だったとしたら意味がありません。どんな時代のどんな作品にも通用する方法であるかどうかを意識しながら、文章を読み進めて行く必要がある――それが、標題に掲示した「言葉で繙く」の謂です。

目　次

順を追って読むこと

――更級日記の構文解析を起点として――

すべてのうそをとり捨ててゆけば、あとに残ったのが必ず真相でなければならない。

——Sir Arthur Conan Doyle

写本の表記

　更級日記の一節を題材として考えて行きます。ここで扱う問題については、前著にもさわりだけ触れました(註一)けれども、ここで改めて、もう少しきちんと考えてみることにします。それが言葉の本質に関わることで、文学作品が言葉で書かれている以上、そこから免れることはできないからです。

　この作品には、藤原定家が書写した写本が残されています(註二)が、それが最も信頼できる写本だと考えられていて、現在ふつうに見ることのできる注釈書は、すべてその写本の本文を基にして作られています。そこで、ここで検討しようとする箇所を、その写本によって示しておきます。

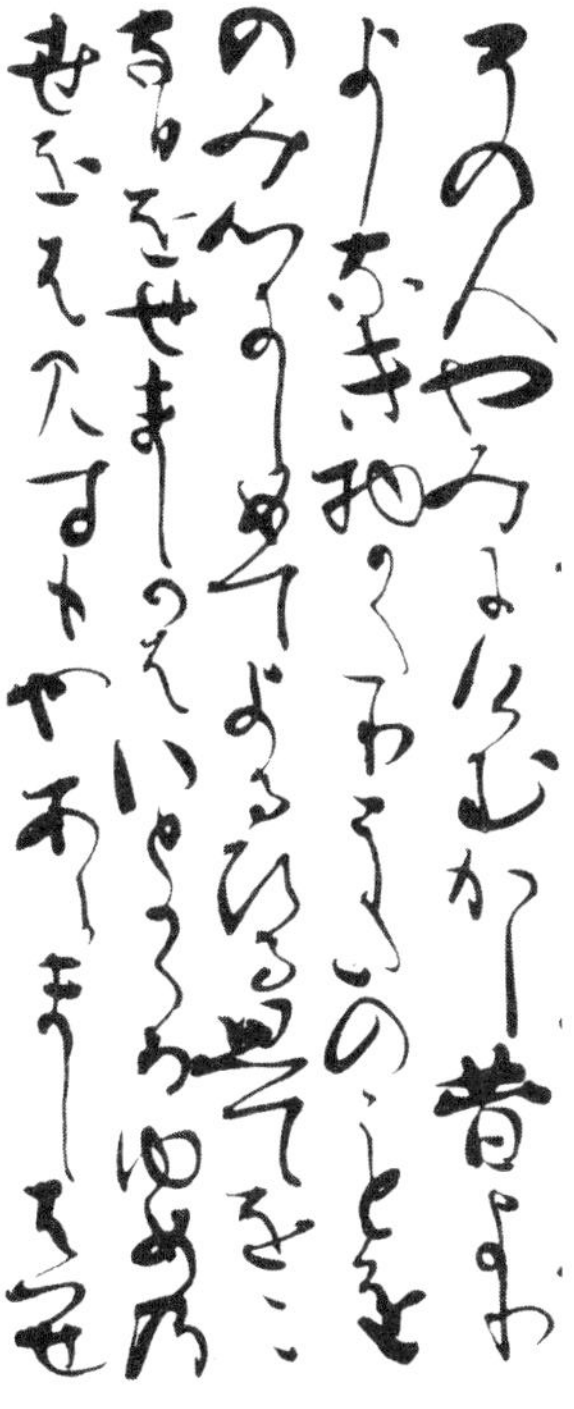

　写本は、言うまでもなく筆で書き写されたもので、そういう手書きの文字に馴染みの

ない現代の読者には読みにくいのですけれども、読みにくさの原因はそれだけではありません。ここでの検討に関わりのない前後の部分は省きますが、写本の表記のとおりに現代の文字に直してみると、次のようになります。

昔よりよしなき物かたりうたのことをのみ心にしめてよるひる思てをこなひをせましかはいとかゝるゆめの世をはみすもやあらまし

このように、写本には句読点や濁点などの記号が付されていませんから、文字自体が読めたとしても、理解には困難が伴うことが少なからずあります。それで、古典の作品を読む時には、それらを補う――句読を施す――ことが必要になります。

ある程度有名な作品であれば、注釈書も数多く出ているのですから、それを見れば問題なく読むことができる、と思われるかもしれません。そして、それで済んだように感じられることも多いでしょう。けれども、注釈書は、原文には存在していない句読を施しているもので、原文と同じではないということを意識しておかなければなりません。原文を加工することによって出来上がっているのが注釈書なのですから、現代の読者は、加工された本文によって古典の本文を読んでいるということです。

もちろん、注釈は二次創作ではないのですから、加工されているとは言っても、原文とまったく異なるものになっているわけではないのは言うまでもありません。あくまでも、原文の本文を現代の読者が読みやすいように、筆で書かれた文字を、現代の文字に改め、句読点や濁点を付し、かな遣いを改め、漢字を宛て……という処理を施しているだけ、とも言えますけれども、そういう処理をしている以上、その結果出来上がったものが原文と完全に同じものでないことは否めません。(註三)

注釈書に書かれていることはすべて間違っていて信じられない、などと言うつもりは毛頭ありませんし、実際問題、そんなことはないはずですけれども、同じものではないのは紛れもない事実なのですから、原文に対してどのような句読を施すのが妥当なのか、原文の表記から注釈書になる過程を自分で考えることは必要です。

これから、先ほど引用した文の句読について考えて行きます。そこで、まずはこの文がどのように理解されているのかを見ておくことにしますが、ページを捲る前に、ここで一旦立ち止まって、まずは自分でこの文の句読を考えてみてから、その先を読み進めて行くことをお勧めします。

通行の句読

それでは、一例として、一冊の注釈書の句読を示します。

昔より、よしなき物語、歌のことをのみ心にしめで、よるひる思て、をこなひをせましかば、いとかゝる夢の世をば見ずもやあらまし。(註四)

ここで当面の課題とするのは、傍線を付した「しめで」という解釈についてです。ここでは、仮名「て」に濁点を付けて、未然形接続の接続助詞「で」と理解しています。「で」は打消接続で、これは、「昔より、よしなき物がたり、うたのことをのみ心にしめ」を否定して、続く「よるひる思て、をこなひをせましかば、」と接続する表現だということです。いま、一冊の注釈書を引用しましたけれども、ほかの多くの注釈書でも、ここは例外なく「しめで」と読まれていますから、そのように理解するのが通説だと言って良いでしょう。けれども、実際に自分で句読を施そうとした時には、この「て」に濁点を付けることのできなかった方が多いのではないでしょうか。

もちろん、「しむ」は未然・連用同形の動詞ですから、形のうえでは連用形接続の接続助詞「て」と看做して「心にしめて、」と理解する可能性もないわけではありません。その場合、「て」は単純接続――起こった事柄を単に繋ぐだけ――だということになります。けれども、ここを「しめで」と読むことには相応の根拠があります。「しめて」と読んだのでは、後に続く部分と整合しないと考えられるのです。

「ましかば―まし」は、受験国文法でもお馴染みの反実仮想――現実に反する事柄を仮に想定して、その想定を基に推量する用法――です。この作品の作者は、若い頃、物語や歌にばかり夢中になっていて、周りの人たちが仏教のことを考えるように忠告するのも聞かずに過ごしていました。作者が「よしなき物がたり、うたのことをのみ心にしめ」という行動をしていたのが現実で、それを「で」によって否定して、もしそのようなことをしておらずに「をこなひ」――仏前で読経するなど、仏教の信仰に関する行為で、多く「勤行」と訳されます。――をしていたならば……、という、現実に反する事柄を想定しているのです。そして、その想定したような行動をしていたとしたら、夢のように儚い人生を送ることもなかっただろう、と推量しているということです。過去の自身の行動のありようが、現在の時点において否定的に回想される叙述だと言えるでしょう。

もしここを「心にしめて、」と解釈したとしたら、「昔より、よしなき物がたり、うたのことをのみ心にしめ」というのは過去の実際の行動だということになりますけれども、それでは続く「をこなひをせましかば、」と矛盾してしまいます。それに対して、「心にしめで、」と理解すれば、そういう問題は発生しません。そのように考えれば、ここを「しめて」ではなく「しめで」と解釈するのが妥当だということが、腑に落ちるでしょうか。

それを踏まえて現代語訳をしたのが、次のようなものです。

昔から、愚にもつかない物語や歌のことばかりに熱中せず、夜昼一心に勤行でもしていたら、本当にこんな夢のようなはかない世を見ないでもすんだだろう。(註五)

こうやって見て来ると、ここを先ほどあげた注釈のように「しめで」と読むことに、何ら疑問の余地はないようにも思われるかもしれません。けれども、このような理解には、言葉を理解するうえで、大きな問題があるのです。それは、文を読み進めて行くどの段階で、ここが「昔より、よしなき物語、歌のことをのみ心にしめ」を否定する文脈であると判断することができるのか、ということです。先ほど、多くの方がここに濁点を付けることができなかったのではないか、と推測しましたけれども、それは理由のないことではありません。これから、そのことについて、述べて行きます。

なお、以下では濁点のありなしを、原文の表記を交えて論じますので、濁音なしの表記なのか、原文の表記なのかが判りにくくなることを避けるために、原文の引用の場合には〈　〉を、句読を施した本文には「　」を付して区別することにします。どちらであっても支障のない箇所には、通常どおりに「　」を付します。

伝達の缺陥

それでは、〈心にしめて〉と表記されている本文を、「心にしめで、」と判断することが、一体どのような思考のもとに行なわれるのかを、考えてみましょう。これは非常に重要な問題で、言葉というものの本質に関わっています。

たとえば、本文が仮に次のような形だったとしたらどうでしょうか。

昔よりよしなき物かたりうたのことをのみ心にしめてよるひる思てをこなひをせさりしかはいとかゝるゆめの世をはみむ

これは、意図的に作ったもので、実際に存在する本文ではありませんけれども、そういう形の本文が言葉としてありえないということはありません。それで、この文に句読を施してみると、次のようになるでしょう。

昔より、よしなき物がたり、うたのことをのみ心にしめて、よるひる思て、をこなひをせざりしかば、いとかゝるゆめの世をばみむ。

実際の本文の場合には「しめで」と読んでいたところを、この句読では「しめて」にしています。この本文であれば、実際の本文とは違って、「よしなき物がたり、うたのことをのみ心にしめて、よるひる思て、をこなひをせざりしか」が、現実にしていた行動だということで、この現実の行動が、「いとかゝるゆめの世をばみ」るという結果を生んだわけです。作者は「をこなひをせ」ずに「物がたり、うたのこと」に熱中していたのですから、「心にしめて、」と読むべきことになります。

本文そのものが異なるのですから、一方が「しめで」と、もう一方が「しめて」と読まれること自体は、おかしなことだとは言えません。けれども、問題は、それぞれの本文を読んで行く一体どの時点で、「しめで」か「しめて」かを判断できるのか、ということです。

実際の本文と仮に作った本文とを比較してみると、〈昔よりよしなき物かたりうたのことをのみ心にしめてよるひる思てをこなひをせ〉までの文言は、まったく同じです。にもかかわらず、一方を「しめで」、もう一方を「しめて」と解釈し分けているのですから、そう解釈する根拠はこの部分にはなく、それとは別のところ――意図的に書き変えた部分――にあることは明らかです。具体的には、「をこなひをせ」に続く、「ましかば」――仮に作った本文であれば「ざりしかば」――が、その徴憑となります。

実際の本文にある「をこなひをせ」は、先ほども書いたとおり、現実に反する行動であって、それをするためには「物がたり、うたのことをのみ心にしめ」ずにいることが前提ですから、「心にしめ」は否定されるものでなければなりません。それを根拠に、「心にしめで、」という句読が施されているということです。それに対して、仮に作った本文であれば、「物がたり、うたのことをのみ心にしめ」と「をこなひをせざりしか」はどちらも現実の行動として理解すべきことになって齟齬はありませんから、ここを打消の「で」で承けることはできないのです。それで、実際の本文では「しめで」、仮に作った本文では「しめて」という異なった句読を施すことになる――と、一応は言えるわけです。

けれども、そのような考え方には、承認しがたいものがあります。それは、文を前から順を追って読んで行った時に、「昔より、よしなき物がたり、うたのことをのみ心にしめ」まで読み進めた段階では、続く〈て〉の仮名を、「て」と読むのか「で」と読むのかを決定する根拠が存在しない、ということです。

当該の文において、「しめで」と読む理解は、後に出て来る「ましかば」がその根拠となることによって成立するものです。つまり、「昔より、よしなき物がたり、うたのことをのみ心にしめ」を読んだ段階では、それを「て」で承けるべきであるのか「で」で承けるべきであるのかは、判らないのです。そして、その先にある「ましかば」まで読み進めることによって初めて、「しめで」と理解するのが妥当だということが判明します。

さらに言えば、「ましかば」を読む前の時点では、〈心にしめて〉は、「しめて」と「しめで」、どちらも可能性はあるわけですけれども、前の部分と後の部分とを単に接続するだけの「て」と、前の部分の内容を否定したうえで後の部分と接続する「で」とでは、後者の方に、より複雑な思考を必要とするでしょう。ですから、何らかの明示的な根拠がない限り、〈心にしめて〉まで読んだ段階では、それを「しめで」として取ることはないはずです。したがって、本文を読み進めて行く途中の段階において、〈心にしめて〉という表現は、「しめて」として理解する方が、「しめで」として理解するよりも、より自然だと考えられます。

また、この作品のこれより前の部分にある表現を踏まえた時にも、「しめで」と理解するより、「しめて」と理解する可能性の方が高いと考えられるのです。次に引用する例は、作者が若い頃に物語や歌に夢中になっていたことが書かれているところで、いま問題にしている部分とは、大きく関連があります。

夢に、いときよげなるそうの、きなる地のけさきたるがきて、「法華経五巻を、とくならへ。」と、いふとみれど、人にもかたらず、「ならはむ。」とも、思かけず、物がたりの事をのみ心にしめて、「われは、このごろわろきぞかし。さかりにならば、かたちもかぎりなくよく、かみもいみじくながくなりなむ。ひかるの源氏のゆふがほ、宇治の大将のうき舟の女ぎみのやうにこそ、あらめ。」と、思ける心、まづいとはかなく、あさまし。(註六)

この部分では、作者は「物がたりの事を」「心にしめて」いて、非現実的な夢想に耽っていた、というのです。そのことを、後の時点で「はかなく、あさまし。」と感じているのですから、この部分の〈心にじめて〉には、「心にしめで、」と解釈する余地がありません。この部分との関係から言っても、最初に引用した文の〈しめて〉を「しめで」と理解することには、疑義があるのです。本文の読解のうえで、先行する類似した表現が、後続する表現の理解を牽制することは、十分にありうることです。というよりも、むしろ、後続する表現において、先行する表現と相反する理解を行なうだけの根拠が本文のうえにあるのでなければ、先行する表現と相違する理解を行なうことの方が、不自然でしょう。

この文の傍線を付した箇所〈物かたりの事をのみ心にしめて〉と、当面の検討の対象としている箇所〈よしなき物かたりうたのことをのみ心にしめて〉との表現の類似は明らかです。両者は、「事」「こと」の表記に違いがあるのと、「よしなき」「うた」の有無以外は一致しています。そこには、〈しめて〉を「しめて」とするか「しめで」とするかを決定するような要素があるとは考えられません。読者としては、前に読んだ、非常に類似した箇所では素直に「心にしめて」と読んで何の問題もなかったのです。だとしたら、それよりも後に出て来る最初に引用した文においても、「で」と理解する根拠が特別に見当たらない以上、取り敢えずは「て」と読むのがふつうの考え方でしょう。「昔より、よしなき物がたり、うたのことをのみ心にしめて、よるひる思て、……」と読まれる可能性が、極めて高いということです。

けれども、先ほどから述べているとおり、それでは「ましかば」以降の部分と矛盾してしまいますから、そこで前の部分の理解のし直しを強いられることになります。だとすると、この文は、〈心にしめて〉を、一旦「心にしめて、」と理解したうえで、後に出て来る「ましかば」まで読み進めた段階で、「心にしめで、」に理解を修正する文だということになるでしょう。けれども、本当に、そのような読み方で良いのでしょうか。

そういう文の理解の仕方を容認すれば、言語としての伝達機能に重大な支障が発生することを認めざるをえないでしょう。一旦確定した理解を、後に出て来る部分によって修正する必要があるということは、ある段階で表出された表現を理解するためには、後の部分に理解を決定する根拠が出て来るのを待ち続けなければならないということです。しかも、仮に作った本文なら「心にしめて、」という読みを修正することなくそのまま理解が確定されることからも判るように、そういう根拠は、かならず出て来るとは限りません。その理解を確定することは、早くても「せざりしかば」まで読み進めた段階で、打消と理解する根拠がないことがほぼ確定して初めて、判断することができるのです。いま受け入れている言葉の理解は、その言葉を読んだ時点では確定することができない――文の理解の仕方にそのような過程を許容したら、そこでは、言語の伝達が十全に行なわれるとは考えがたいのです。

国語の文は、「時間とともに展開する過程」(註七)だと言われます。言葉というものは、表出された——書かれた、話された——順に受け入れられ——読まれ、聞かれ——て行って、時間に逆行することはないということです。だとしたら、ある表現は、その表現が表出された段階で理解されるはずだということを前提に、言葉が受容される過程を考える必要があります。それが、言葉としてのあるべき姿だからです。

思惟の内容

次に、もう一つ、〈心にしめて〉に続く「よるひる思て、」という表現について、検討しておきたいと思います。〈心にしめて〉の〈て〉を「で」として理解することに、表現の受け入れ方のうえから疑義を提起した以上、同様の観点から、この「よるひる思て、」の理解の方法をも、再考する必要があると考えるからです。

この「よるひる思て、」は、一四ページに示した現代語訳からも判るように、続く「をこなひをせましかば、」に掛かるもので、仏教に対することとして理解されて、特段の異説を見出せません。けれども、この理解が、一体何を根拠として行なわれるものなのかを考える必要があります。「よるひる思」う内容を仏教のこととして理解するのは、以下の文がその傍証となると言えるでしょうか。

そのゝちは、なにとなくまぎらはしきに、ものがたりのこともうちたえわすられて、物まめやかなるさまに、心もなりはてゝぞ、「などて、おほくの年月を、いたづらにてふしをきしに、をこなひをも物まうでをもせざりけむ、このあらましごととても、思しことゞもは、この世にあんべかりけることゞもなりや、ひかる源氏ばかりの人は、この世におはしけりやは、かほる大将の宇治にかくしすへ給べきもなき世なり、あな、物ぐるをし、いかによしなかりける心也。」と、思しみはてゝ、まめ〴〵しくすぐすとならば、さてもありはてず。

いまは、むかしのよしなし心も、「くやしかりけり。」とのみ、思しりはて、おやの、ものへゐてまいりなどせでやみにしも、もどかしく思いでらるれば、いまはひとへに、「ゆたかなるいきおひになりて、ふたばの人をも、おもふさまにかしづきおほしたて、わが身も、みくらの山につみあまるばかりにて、のちの世までのことをもおもはむ。」と、思はげみて、しも月の廿よ日、いし山にまいる。

作者が、「ものがたりのことも」「わすられて」「をこなひ」をしていたり、「むかしのよしなし心」を後悔して「いし山にまいい」ったりしている場面で、若い頃からそうしていれば……、という思いが書かれているところです。作者は、作品を執筆している時点でそういう心境になっていたわけですから、「よるひる思て、をこなひをせましかば、」の解釈として、仏教のことを「よるひる思」って念仏を唱えていれば、という理解が順当だ、というのが、ふつうの考え方なのでしょう。

ただ、そのことと、「よるひる思て、」という表現を仏教のこととして理解できるかどうかということとは、かならずしも同じではありません。あくまでも、文を前から順を追って読むという前提で考えた場合、「昔より、よしなき物がたり、うたのことをのみ」までの部分には、「よるひる思」うのを仏教のこととして理解する要素はありません。そういう理解が可能となるのは、直前の〈心にしめて〉を「心にしめで、」と理解した段階です。「心にしめで、」という表現であれば、続いて語られるのがそれ以前の部分とは違う事柄であることが予想されますから、「よるひる思て、」は、直後の「をこなひをせましかば、」に自然に掛かって、仏教のことだという理解をすることが可能でしょう。

けれども、先に述べたように、「心にしめで、」という理解は、後に出て来る「をこなひをせましかば、」によって確定されるものです。これまで考えて来たとおり、そういう理解の仕方に疑義があるのですから、その理解を根拠として成立する「よるひる思」ったことの内容についても、考え直さなければなりません。

文を前から順を追って読んでいる限り、「よるひる思て、」よりも前に読者が受容するのは〈昔よりよしなき物かたりうたのことをのみ心にしめて〉だけです。そして、その〈心にしめて〉が「心にしめて、」と読まれる可能性が高いのだとすれば、作者が「よるひる思」っていたものは、その部分よりも前に出て来た「物がたり、うたのこと」として理解すべき蓋然性が、大いにあります。「物がたり、うたのことを」「よるひる思て、」という文脈だとすれば、〈心にしめて〉を「心にしめて、」と理解することと、矛盾するところはありません。「よるひる思て、」以前の段階においては、ここを「心にしめて、」と理解して、文脈の自然な推移を想定することができるのです。

このような「よるひる思て、」の部分についての理解の妥当性は、以下に引用する部分を見れば、より増大することになるでしょう。

いかにおもひはじめける事にか、世中に、物がたりといふ物のあんなるを、「いかで、みばや。」と、おもひつゝ、つれぐなるひるま、よひゐなどに、あね、まゝはゝなどやうの人ぐの、その物がたり、かのものがたり、ひかる源氏のあるやうなど、ところぐかたるをきくに、いとゞゆかしさまされど、わがおもふまゝに、そらにいかでか、おぼえかたらむ。

三条の宮に、しぞくなる人の、衛門の命婦とて、さぶらひける、たづねて、ふみ、やりたれば、めづらしがりて、よろこびて、「御前のを、おろしたる。」とて、わざとめでたきさうしども、すゞりのはこのふたにいれてをこせたり。うれしくいみじくて、よるひる、これをみるよりうちはじめ、又くもみまほしきに、ありもつかぬみやこのほとりに、たれかは、物がたりもとめ、見する人のあらむ。

ひるはひ、くらし、よるはめのさめたるかぎり、火をちかくともして、これをみるよりほかの事なければ、をのづからなどは、そらにおぼえうかぶを、いみじきことに思に、……

物がたりの事を、ひるはひ、くらし、思つゞけ、よるもめのさめたるかぎりは、これをのみ心にかけたるに、夢にみゆるやう、「このごろ、皇太后宮の一品の宮の御れうに、六角堂にやり水をなむ、つくる。」と、いふ人あるを、「そは、いかに。」と、とへば、「あまてる御神をなむ、ねむじませ。」と、いふとみて、人にもかたらず、なにともおもはでやみぬる、いといふかひなし。

どれも、作者が物語に熱中している様子を表わしている記述です。「つれぐなるひるま、よひゐ」「よるひる、」「ひるはひ、くらし、よるはめのさめたるかぎり、」「ひるはひ、くらし、思つゞけ、よるもめのさめたるかぎりは、」と、まさに「物がたり、うたのこと」を「よるひる思」っていたことが書かれています。なお、三つめの例は、その後に一九ページに引用した部分が続く場面です。

「よるひる思て、」を通説のように仏教のこととして理解するためには、〈心にしめて〉を「心にしめで、」と読む必要があります。けれども、少なくとも「よるひる思て、」の時点ではその理解が成り立たないのですから、ここまでの段階における読解の過程では、「よるひる思て、」の内容を仏教のことと断定するのは、困難でしょう。

ここに至って、通説の句読は、読者が文を読み進めて行く過程という観点において、極度に錯雑な様相を呈することになります。

まず、本文を読み進めて行く途中の段階では、〈心にしめて〉の部分に対して、「しめて」か「しめで」かの理解を保留するか、あるいは、「しめて」として理解するかのいずれかの可能性があります。ただし、「しめで」として理解する可能性は極めて低いものでしかないと考えられますから、理解を保留することは、ほぼないと言って良く、「しめて」と理解される可能性の方が、濃厚です。そして、続く文脈の推移のうえから、「よるひる思て、」を、物語や歌に対するものとして理解するのです。だとすれば、この部分は、ここまで読み進めた段階におけるかぎり、過去の時点における、物語に耽溺していた日々の懐古といった内容の表現として理解されるものだと言えるでしょう。

読者は、一旦、こういう理解を定着させたうえで、後に続く部分を読み進めることになります。けれども、直後の部分「をこなひをせましかば、」に辿り着いた途端に、「心にしめて、」という理解を「心にしめで、」という理解に修正する必要に逼られるのです。そして、それに伴って、「よるひる思て、」の内容を、「物がたり、うた」のことから「をこなひ」のことに修正する、といった段階を踏んで、この表現を理解することになります。

これを整理すると、次のようになるでしょう。

昔より、よしなき物がたり、うたのことをのみ心にしめて、〔物がたり、うたノコトヲ〕よるひる思て、
↓をこなひをせましかば、↓《当初ノ理解ノ撤回》
↓《理解ノシ直シ》↓昔より、よしなき物がたり、うたのことをのみ心にしめで、〔仏教ノコトヲ〕よるひる思て、をこなひをせましかば、いとかゝるゆめの世をば、みずもやあらまし。

当該の文を、読者が「昔より、よしなき物がたり、うたのことをのみ心にしめで、よるひる思て、をこなひをせましかば、」と理解するためには、これだけの過程を必要とするということです。〈心にしめて〉を「心にしめて、」と読むことや「よるひる思て、」を「物がたり、うたのこと」と理解することも、それらの理解を撤回することも、文を読み進めて行くうえでまったく必要のないことで、この文を読むための何の効果も認められません。

なお、現代の読者には理解できないけれども、きっと古代の読者であれば判ったのだろう、

と安易に判断するべきではありません。そういう可能性も、完全に否定することはできないかもしれませんけれども、言葉というものは、基本的な部分はそう大きく変わるものではないのですから、言葉の本質に反するような読み方は、古代の読者であってもすることがないと考えるべきです。

また、このような場合において、古代の仮名表記における濁音表示の方法が未発達だったために表現の伝達が十分に行なわれなかった、という可能性を想像することは、回避します。濁音表示の方法の発達―未発達は、表示自体の必要性の度合に影響されるものだからです。濁音表示の必要性があれば、濁点を使用したり、濁音専用の仮名字体を生み出したりしたはずで、必要性がなかったから、濁音を表示する方法を発達させなかったと理解するのが順当です。古代の人びとが不自由を我慢しながら不完全な表記で言語生活を送っていた、と思い込むのは、実態とかけ離れています。したがって、濁音表示が発達しなかったことによって、古典の文章の伝達の機能に支障が生じていたと考えることは、妥当でありません。仮に、このような表現によって伝達に支障を来すことになるのだとしたら、濁音表示の記号を発達させなかったにしても、活用の形態を変化させるなどして、表現の伝達を全からしめようとしたのに違いないのです。古典の文章が、このような形態で記されているということは、この形態のままで、表現の伝達が十分に可能だったということだと理解するのでなければなりません。

加えて、意味が通じにくいと思われる箇所を、文意の不明瞭な「悪文」だと断定することも、文意が明瞭であるとするいかなる可能性をも指摘できないことが確定しないかぎり、放棄したいと思います。当該の箇所を、「誤記・誤写」として安易に改訂するような態度も、これと同断です。

もちろん、実際の文章表現においては、「悪文」も、「誤記・誤写」も、かならずしも少ない現象ではないでしょう。そのことは、日常的な体験のうえからも、容易に推察できるところです。そもそも、作者自身が書き間違えることもありうるわけですし、作者自筆本を何代にも亙って写し継いで来た写本において、読み間違い、写し間違いが起こることを、避けることはできません。

けれども、そのことは、実際に存在するある特定の箇所が、「悪文」もしくは「誤記・誤写」であることを証明する根拠とはなりえません。それはただ、その箇所が、「悪文」もしくは「誤記・誤写」である可能性があることを示唆することができるだけです。言い換えれば、「誤記・誤写」でもありうる、ということに過ぎません。「そうでありうる」ということは、同時にまた、「そうでないこともありうる」ということです。けっして、後者の可能性——「悪文」

「誤記・誤写」ではない――を排除できるものではないのです。古代の読者が理解できていたかもしれないものを、現代の読者が直観的には理解できなかったからといって、誤りだと決めつけるべきではありません。

そこで、意味が通じないように感じられる表現であっても、そのままの形態で無理なく理解ができるはずだという前提に立って考えることを、構文の把握のうえでの原則とします。「悪文」や「誤記・誤写」などを云々するのは、それ以後の段階における問題としなければならないでしょう。（註八）

文学と言語

ここまでの検討によって、一二ページに引用した句読に示したような通行の文の把握の仕方では、本文の読解のうえで、重大な支障が発生することは明らかでしょう。これは、〈しめて〉の〈て〉に濁点を付加するか否か――ここを「しめて」として理解するか、「しめで」として理解するかといった、単なる一語句の解釈の問題に、止まるものではありません。国語の構文の把握の方法の問題として、検討がなされるべきです。

ただ、文学作品は、日常の会話表現などとは違って、一過性のものではなく、くり返して読まれる可能性を持っています。そこで、再読三読を前提とする、文学作品の特殊性という考え方の介入する余地を、指摘することができるかもしれません。たしかに、二度目以降の読解の段階で、最初の読解の段階よりも理解が深化するということは、大いにありうるところで、実際に、そういう経験を持っている人も、少なくないでしょう。初読の段階で把握した内容を前提として、再度の読解をすることがありうるということです。再読三読の段階では、後続する表現を既に読んでいるのだから、そこからの類推を、期待することができるのではないか、という考え方です。

そう言われてみれば、一見もっともらしく思えないこともありませんが、それは言い換えれば、文学作品は一度読んだだけでは意味が理解できなくても仕方がない、と言っているのと同じです。けれども、文学作品が言葉で書かれている以上、そんなことがあって良いはずがありません。文学作品であることと、言語表現であることとは、けっして矛盾する概念ではないからです。読解の段階に従った理解の深化ということがありうるとしても、それは、最初の読解の段階において、文を言葉として十分に理解することができないということを意味するわけではありません。初読と再読とで変化するのは、内容の含意の部分での理解であって、言葉そのものの理解ではないのです。ある言葉が意味している事柄は、最初の読解の段階において、過不足なく理解することが可能だというのが、言語としての本来のあり方です。でなければ、言語による伝達が、成立しません。そして、ここで問題としようとしている文の理解の仕方というのは、言語の伝達の過程です。文学作品である、ということは、言語表現として特殊であるという免罪符には、なりえないのです。

具体的な事例で、説明しましょう。

吾輩は猫である。(註九)　(夏目漱石『吾輩は猫である』一)

という文は、言うまでもなく、語り手が猫だということを示しています。けれども、「吾輩は」を読んだ段階では、その「吾輩」が何者であるかは判りません。後続する「猫である。」を読んだ段階で、初めてそれと判然します。「吾輩」が「猫」であることは、「吾輩は」という表現を読んだ段階では、認識することができないのです。それに対して、再読の場合には、「吾輩は」を読む時点で既にそれが「猫」だということが判っているのですから、初読で理解した「吾輩」と再読で理解する「吾輩」は相違する——その意味では、後続する部分を前提とした先行表現の理解であるとも、言えないことはないと感じられるかもしれません。

けれども、「猫である。」を読んだ段階で判るのは、「吾輩」という言葉自体の持っている意味そのものではありません。「吾輩は」という表現を読んだ段階で、読者は、それが自称の意味を表わしていることを、間違いなく認識することができるはずです。そして、「吾輩」という言葉の持っている意味は、それが自称の表現だということにほかなりません。つまり、「吾輩は」という表現は、それを読んだ段階で、その意味するところを、過不足なく理解することができるものだということです。

もちろん、「吾輩は」を単独で読むのと、「猫である。」を含めて読むのとを比較した場合とで、「吾輩」という言葉の理解自体が、完全に同じであるわけではありません。けれども、そこに発生する差異は、「吾輩は猫である。」という文における「吾輩は」が、「吾輩は」を単独で読んだ場合の意味とは矛盾する、別の概念として、成立することによるものではないのです。「吾輩は」という表現を読んだ段階では、それが自称の表現であることが理解されて、「猫である。」を読んだ段階で、「吾輩」と自称する主体が猫だという情報が、そこに追加されるのです。「吾輩は」という表現の持つ意味自体は、何も変更されることがなく、そこに別の要素が付け加えられるのであって、「猫である。」まで読み進めなければ、読者が「吾輩」という表現の意味を確定することができないということではありません。むしろ、「吾輩は」を読んだ段階で、ある特定の印象——シカツメラシイ様子ノ中高年ノ男性ナド——が髣髴することを前提として、後に続く「猫である。」を読んだ段階で受ける印象との落差による滑稽を感じさせる表現だと言えるでしょう。「吾輩は」を読んだ段階で、その主体が猫であることを理解できるのだとしたら、あるいは、「吾輩は」を読んだ段階では、その言葉の意味自体を理解できないのだとしたら、そのような効果は、発生しません。

もちろん、最初に読んだ段階では誤った理解をして、それを後から訂正するような読み方を強いられることも、ないわけではありません。

棚の整頓具合を再確認する男に向かい、女性社員が声を張りあげた。

「まじめさーん、お客さまです」

客ではなく、同じ会社の辞書編集部のものだと言っているのに、わからん娘だな。

少し腹が立ったが、『よそから来たひと』というニュアンスはまったく含まれず、純粋に『訪問者』の意で使われた『客』かもしれない」と思うことで、荒木は自分を納得させた。

それよりも問題にすべきは、男が「まじめさん」と呼ばれた点だ。いったいどれだけ真面目だったら、あだ名が「真面目」になるのか。ここは、放課後になると生徒が夕陽に向かって走る学園でも、ジーパンばかり穿いている刑事の所属する警察署でもない。出版社だ。にもかかわらず「真面目」とあだ名がつくほどとは、これはもう超弩級の真面目と言っていいだろう。(註一〇)

(三浦しをん『舟を編む』一〇)

ここでは、同僚から「まじめ」と呼びかけられる男が登場しますが、荒木はそれを、「真面目」という綽名として理解します。読者としても、それを疑う材料はないのですから、荒木と同じ理解をしたまま読解を続けることになりますが、そのまま読み進めて行くと、それが荒木の勘違いで、男の苗字が「馬締《まじめ》」だったということが明かされるのです。そこまで読み進めて初めて、最初に読んだ段階での「真面目」という理解が間違いだったことが判る、ということです。だとすると、これは後から出て来る部分によって前の部分を理解する事例だ、ということになるのでしょうか。

けれども、この場面は、最初に読んだ時点で「まじめ」という言葉の意味が判らないように書かれているのではなくて、それを「真面目」と誤読させる意図があります。敢えて誤った理解を一旦確定させてから、それを後でひっくり返すことに意味があるのですから、「真面目」

というのがその時点でのあるべき理解です。この場面では、むしろ、「真面目」と読まないことの方が、適切ではないでしょう。最初の「まじめ」が平仮名で書かれているとは言え、その時点でそれを「馬締」という稀有な苗字と結び付けられるものでもありません。その意味では、最初に読んだ段階から、書かれていることを正しく理解することができているのです。最初の理解が、後続の部分を読むことによって修正されると言えるにしても、最初の理解が無駄になることはありません。

要するに、言葉である以上、それを受容した時点で、意味が理解できるように書かれている、その大原則に逆らうような言葉の受容の仕方を想定することはできない、ということです。そのことを、十分に認識する必要があります。

最初に引用した更級日記の本文の問題を取り上げたのは、そういう言語の本質が、そこに露出していると考えるからです。読者は、文を前から順を追って読んで行くのですから、その読んだ順のとおりに理解できるように書かれていると考えなければなりません。通説では、それとは合致しない読み方が行なわれていますけれども、文学作品が言葉によって書かれている以上、この問題を素通りすることはできないのです。読者が、文学作品を、どのように受け入れるか、ありうる読解の過程を想定して、文を把握することが必要です。それは、文学作品だから、とか、古典の文だから、という理由で免除されるものではありません。

それでは、この文をどのように読んだら良いのか、ということは、「表現を受容する方法」の章で改めて論じることにしますが、その前に、次の章以降で、文学作品が言葉によって書かれているという当たり前のことを踏まえたうえで、いくつかの問題を取り上げて考えて行こうと思います。

註一　保科恵『入門　平安文学の読み方』（新典社／新典社選書九六、二〇二〇年四月。第五講応用問題③「濁点を付けるのは難しい」）。

註二　皇居三の丸尚蔵館収蔵。

註三　保科恵『入門　平安文学の読み方』（新典社／新典社選書九六、二〇二〇年四月。第五講「本文の話—本当にそう読めるのか—」、第五講応用問題③「濁点を付けるのは難しい」、第五講応用問題④「句読点を付けるのも難しい」）。

註四　吉岡曠「更級日記」（『土佐日記・蜻蛉日記・紫式部日記・更級日記』岩波書店／新日本古典文学大系二四、一九八九年一一月）。

註五　犬養廉「更級日記」（『和泉式部日記・紫式部日記・更級日記・讃岐典侍日記』小学館／新編日本古典文学全集二六、一九九四年九月）。

註六　以下、個別の注釈書の句読を問題にする場合を除いて、藤原定家筆本の影印本である、犬養廉編『影印本　更級日記』（新典社／影印本シリーズ、一九六八年三月）の本文を基に、句読を施したもので引用します。

註七　小松光三「国語の品詞分類」（『愛媛大学人文学会創立十五周年記念論集』愛媛大学人文学会、一九九一年九月）。

註八　同様の観点から本文の解釈を検討しようとする理論と実践とを、以下の論考などに提示しています。保科恵『堤中納言物語の形成』（新典社／新典社研究叢書九六、一九九六年五月。第二部第三章「表現規定と構成論理」、第三部第一章「作者視点と作品形象」、補論一「作品本文の構文機構」、補論二「本文表現の形成論理」）、「神代の事も―大和物語と勢語和歌―」（『解釈』第三七巻第一二号通巻四四一集、教育出版センター、一九九一年一二月）、「異本本文と表現論理―枕冊子「十二月廿四日」「三月ばかり」段を事例として―」（『松籟』第一冊、王朝文学協会、二〇〇六年一二月）、「花桜折る少将の解釈―「おほうへいみしくの給ものを」―」（『松籟』第三冊、王朝文学協会、二〇〇九年六月）。

註九　夏目漱石『漱石全集　第一巻』（岩波書店、一九五六年九月）。

註一〇　三浦しをん『舟を編む』（光文社、二〇一一年九月）。

省略を想定する思考

——伊勢物語第四段の和歌の解釈から——

きみがいなければ
冬のあとで春はなく
コマドリの歌もきこえず
なんの手がかりもなく
とにかく　ほんとうらしいものはない
きみがいなければ

——Bob Dylan

伊勢と古今

伊勢物語の第四段には、主人公の男が、恋慕する女との逢瀬が途絶えてしまった折の思いを詠んだ和歌を中心とする、悲恋の物語が描かれています。その章段の本文の全文を、以下に引用します。

むかし、東の五條に、大后の宮、おはしましける、西の対に、住む人、有けり。それを、本意にはあらで心ざしふかゝりけるひと、行きとぶらひけるを、む月の十日ばかりのほどに、ほかにかくれにけり。ありどころは聞けど、人の行き通ふべき所にもあらざりければ、猶、憂しと思ひつゝなん、ありける。又の年のむ月に、むめの花ざかりに、去年を恋ひて、行きて、立ちて見、ゐて見、見れど、去年に似るべくもあらず。うち泣きて、あばらなる板敷に、月のかたぶくまでふせりて、去年を思いでて、よめる。

　月やあらぬ　春や昔の　春ならぬ　わが身ひとつは　もとの身にして

と、よみて、夜のほのぐと明くるに、泣くく帰りにけり。(註一)

この章段に収められているのと同じ和歌が、古今和歌集にも、比較的長文の詞書とともに、収められています。

五條のきさいの宮のにしのたいにすみける人に、ほいにはあらでものいひわたりけるを、む月のとをかあまりになん、ほかへかくれにける。あり所はきゝけれど、え、ものもいはで、又のとしの春、むめの花ざかりに、月のおもしろかりける夜、こぞをこひて、かのにしのたいにいきて、月のかたぶくまで、あばらなるいたじきにふせりて、よめる　　在原なりひらの朝臣

月やあらぬ　春やむかしの　春ならぬ　我身ひとつは　もとの身にして(註二)

(巻第十五恋哥五・七四七番歌)

伊勢物語の地の表現と古今集の詞書とには、辞句に若干の相違があって、全体的に、古今集が伊勢物語に比較して、やや簡略な表現だとは言えるでしょうけれども、内容の基本的な部分

では、共通しています。そして、伊勢物語と古今集とで、和歌の本文は、一致しています。さらに、どちらの作品においても、諸本を調査しても、和歌の本文に、重要な異文は、存在しないようです。(註三)

伊勢物語でも古今集でも、東の京の五条にある大后の邸宅の西の対を舞台としていて、そこに住んでいる女の許に、男が通います。その後、正月一〇日頃に、女が別の場所に「かくれ」てしまいます。そして、その翌年の正月に、男がその邸宅の西の対を再訪した時に、そこで和歌を詠むという筋立てです。

もちろん、両者には、多少の違いも見受けられます。たとえば、伊勢物語において、男の心情が詳細に描かれているのに対して、古今集では簡素だったり、また、古今集が男を業平と特定しているのに対して、伊勢物語の姿勢として、そうとは特定していないなどという差異は、指摘することができます。そしてそれが、それぞれの作品としての性格の相違の重要な要件であるとは言えるでしょう。けれども、和歌の解釈のうえで必要な事柄としては、本質的な格差は見出せません。

もっとも、伊勢物語の「む月の十日ばかりのほど」と、古今集の「む月のとをかあまり」とは、似たような表現ではありますが、微妙に違いがある可能性はあります。(註四)伊勢物語の本文であれば、一〇日前後ということになりますが、古今集の本文なら、一〇日以前は含まれない、それ以降の何日かになります。

伊勢物語では、男が帰途に就いたのが「ほの〴〵と明く」頃とされています。「ほの〴〵と明く」は、午前三時を指す表現ですが(註五)、一月一〇日の月の入は、それと同じ午前三時頃です(註六)。伊勢物語では、月の入が、「ほの〴〵と明く」時刻とほぼ同時に訪れる必要がありますから、「十日ばかり」という表現によって、一〇日ちょうどではないとしても、それに近い日、という制限を掛けているのでしょう。それに対して、古今集では、男が帰った時刻は規定されていませんから、それに大きく縛られることはありません。一〇日を過ぎて一五日に近づくにつれて、月の入の時刻は次第に遅くなって行きますから、一〇日以前の日付を排除することによって、一五日の月には至らないけれども、それに近くなって来た「月のおもしろかりける夜」という場面を設定した、ということなのかもしれません。だとすれば、伊勢物語と古今集では、男が歌を詠んだ日付も違いますし、それに伴って、歌を詠んだ時刻も、異なることになります。

そういう観点からしたら、この相違は、章段の内容の理解のうえで看過できないものであるのかもしれません。けれども、それが和歌の解釈自体には影響を与えることはないと見て良さそうです。和歌の表現の理解に必要な状況の解説としては、伊勢物語も古今集も、共通していると言えるでしょう。

この和歌は、古くから難解とされていて、諸説が百出して定見を見ないものだと言って良いでしょう。和歌本文の語句そのものには、とりたてて把握しがたいところがあるわけではないのですけれども、解釈のうえで、多様な理解を許容する表現です。紀貫之による、「ありはらのなりひらは、その心あまりて、ことばたらず。」（古今和歌集、仮名序）という評価を立証する、恰好の事例だと看做されていると言えるでしょうか。

そのこと自体には、かならずしも異論を挿し挟むわけではありません。けれども、仮にこの和歌が「ことばたらず」ないものであることを認めるとしても、そのことによって、この和歌の表現の厳密な理解が、放棄されて良いということにはなりません。理解の曖昧なままで放置するための口実として、この古今集仮名序の評言が、安易に利用されるべきではないのです。作品の理解は、その作品の表現の中に根拠を求めなければなりません。そこで、いま、この和歌の本文の解釈を、作品の表現に即して考えて行こうと思います。

疑問と反語

先ほども書いたように、この和歌の解釈は、諸説百出の趣きがありますから、それらを列挙して検討しているものも少なくありません。ですから、ここではそれを詳細には取り上げないことにしますが、この和歌の解釈についての争点を大別すれば、以下の諸点に集約されると言って良いでしょう。

第一に、初句と第二句とでくり返して使用される係助詞「や」が、疑問の表現であるのか、あるいは反語の表現であるのか、という点です。第二に、第五句の後に、どのような省略を想定するか、という点です。第三に、それに付随して、上の句と下の句を倒置と見るか否か、という点です。

この内、第二の争点は、第一の争点の解釈の結果によって変動します。また、第一の争点においで反語と認定することを前提として、第三の争点があります。つまり、この和歌の解釈で最も重要なのは、第一の争点であると言えるでしょう。そこで、第一の争点について、疑問と反語と、それぞれの見解の一例を、次に掲げます。

歌の心は、月も昔の月にてはなきか。春もむかしの春にてはなきか。それに見し折のやうにもなく、よろづかはりはてたる心地のするは、いかにぞや。さるかとおもへば、我身ひとつは本のまゝにてありとよめり(註七)

まづ二つのやもじは、やはてふ意にて、月も春も、去年にかはらざるよし也、さて一首の意は、月やは昔の月にあらぬ月もむかしのまゝ也、春やは昔の春にあらざる、春もむかしのまゝの春なり、然るにたゞ我身ひとつのみは、本の昔のまゝの身ながら、むかしのやうにもあらぬことよ、とよめる也。(註八)

反語と解釈すれば、上の句と下の句とが、論理的に矛盾します。変化しないものが、「わが身ひとつ」だとする下の句に対して、上の句で、月と春が変わっていないことを表現していることになるからです。月も春も変わっていないのであれば、「もと」のままなのは「わが身」だけではありません。とは言え、疑問と解釈すれば、地の表現の「立ちて見、ゐて見、見れど、去年に似るべくもあらず。」と整合しません。月や春が変わっているのであれば、五条の邸宅の様子を「立ちて見、ゐて見」るまでもないからです。疑問では、「弱きに過ぎる」(註九)とも言い、反語では、「冗漫」(註一〇)であるとも言われます。係助詞「や」の用法から、これを疑問の表現だと断定する意見もありますけれども、これもかならずしも確定的な見解であるとは、看做しがたいものがあるように思います。(註一一)

係助詞「や」の基本的な意味は、疑問でしょう。そして、その疑問の内容が、現実と一致しないことが明らかである場合に、反語の表現となるのです。その本質に、違いがあるわけではありません。もちろん、疑問でしかありえない文脈や、反語としてしか理解できない事例も、あるのかもしれませんけれども、それも多くの場合、鑑賞としての含みの部分で発生する相違であって、言葉として、両者の間に本質的な格差があるわけではないはずです。そこで、ここでは、この二つの係助詞「や」が疑問であるのか反語であるのか、という観点からではなく、和歌の表現自体の分析を、試みることにします。

表現の受容

問題としている和歌の解釈のうえで、諸説では、二つの「や」を疑問と取るか反語と取るかに関わらず、初句の「月やあらぬ」については、これを「月や昔の月ならぬ」の省略表現だと理解するのが通例で、初句の表現にそのような省略を想定することに、疑義が提起されることは、稀であるように思います。言わば、自明の常識だと、認識されているのでしょう。そのように解釈すべき根拠が示されることは、かならずしも多くはないように見受けられますけれども、第二、三句の「春や昔の　春ならぬ」からの類推によるものであることは、間違いがなさそうです。

「あらぬ」は次の句から類推して「昔の月ならぬ」(註一二)の意。

次句の「春や昔の春ならぬ」と対になっているので、「月や昔の月にあらぬ」の約と見るべきであろう。(註一三)

和歌の文言を見るかぎり、「月やあらぬ」を「月や昔の月ならぬ」の意味で理解するための根拠は、それ以外にはなさそうですから、穏当な考え方だと言えるでしょうか。けれども、和歌が——文学作品が、というふうに敷衍しても良いのですけれども、——言語表現である以上、これには、少なからぬ疑義があります。

それは、その類推が、この和歌を受容する過程の、どの段階において成立するのかという点においてです。その類推をする根拠は、先ほどあげたとおり、「春や昔の　春ならぬ」の部分にあります。ですから、その類推が成り立つためには、当然のことですが、「春や昔の　春ならぬ」という表現を受容した段階を待たなければなりません。それ以前の部分には、類推の根拠となるものが、存在しないからです。だとすれば、読者は、第二、三句を受容した段階で、初めて初句の解釈を決定することができる、ということになります。

第二、三句を受容した段階で、初句の解釈が確定するということは、言い換えれば、初句を受容した段階では、その解釈を確定することができないということです。けれども、言葉を受容するうえで、そのような考え方が、認められるのでしょうか。

「順を追って読むこと」の章でも述べましたが、非常に重要なことですのでくり返します。言葉というものは、時間とともに展開して、情報を次々に付け加えて行くものですから、時間の流れを溯って受容される言語表現というものは、成立することができません。時間の流れに沿って線条的に展開するのが、言語表現の持っている本質的な属性です。(註一四)言葉は、前から順に受け入れられて行って、受け入れたところまではその段階で理解することのできるものなのですから、言葉によって形成される文学作品の表現を受容するうえで、読者が文を前から順番に読解して行くという以外の過程を想定することはできないのです。ですから、文は、前から順番に読んで行くことで、理解することのできるものでなければなりません。それが、文学作品の表現を受容するうえでの、基本原理でしょう。なお、ここで「文」と言うのは、散文の場合に限られるものではなく、和歌などの韻文をも含みます。

古典作品の注釈書類を見ると、語句や構文の解釈の根拠として、しばしば、後続する部分との関連を、あげるものがあります。作品の内容の把握のうえから、そのような方法を取ることを、一概に否定することはできないのかもしれません。けれども、作品の表現の把握という観点からすれば、そこには、首肯しがたいものがあります。後続する部分を読むことが、先行する部分の解釈を決定するための必須事項である、ということは、それが言葉で書かれているものである以上、あるはずがないからです。先行する部分の意味の確定を保留したまま、後続する部分を読み続けて、ある部分まで読み進めた段階で、初めて先行する部分の解釈を決定するという理解の仕方は、言語の本質に反するものです。そのようなことがあったとしたら、意志の伝達をすることができません。卑近な言語表現――たとえば日常的な会話――のありようを考えてみても、そのことは、明らかでしょう。受容の過程において、意味不明の言葉があったとしても、それを理解するための根拠が出現するまで、理解を保留したまま後に続く表現を受容し続けるなどということは、ありえないのです。

そのような言語表現の本質から考えて、「月やあらぬ」という表現を、「春や昔の　春ならぬ」を前提としなければ理解することのできないものだと看做すことはできません。後続する表現の受容を前提とした先行表現の理解という過程は、読解の段階に従った情報の追加とは、まったく性質の異なる事柄です。

この和歌の本文が、仮に、「春や昔の　春ならぬ　月やあらぬ」という順に展開する表現であれば、「月やあらぬ」を、「月や昔の月ならぬ」の省略表現であると理解することも、不可能ではないかもしれません。先行する「春や昔の　春ならぬ」からの類推によって、後続する「月やあらぬ」もこれと同様に、昔の月と今の月との対比を表現したものだという理解を期待することができないこともないからです。けれども、実際の和歌の本文は、「月やあらぬ　春や昔の　春ならぬ」という形態です。読者の読解のうえで、「月やあらぬ」という表現は、それを受容した段階では、「月やあらぬ」単独で理解されて、「昔の」などの語句を類推によって補って理解する余地がありません。

また、和歌には音数の制約があるために、本来であれば、初句において表現すべきだった「昔の」を、第二句で表現せざるをえなかった、実際には、「月や昔の月ならぬ」という内容を意図して表現されたものであったのだ、という考え方は採りません。詠者の意図は、ともかくとして、読者は、目の前にある本文でしか、表現を理解することができないからです。「月やあらぬ　春や昔の　春ならぬ」が読者に示された本文である以上、その形の本文によって、理解がなされるのでなければならないのです。

理解の過程

もし、「月やあらぬ」が、「月や昔の月ならぬ」の意味であるとしたら、その理解の過程は、おおよそ以下のようになるでしょう。

読者は、まず、初句の「月やあらぬ」という表現を、それ単独で受容します。この時点での、「月やあらぬ」単独の表現の持つ意味については、いま、ひとまず、保留しますけれども、この段階では、「昔の」という概念が、含まれているものではありません。続いて、第二、三句の「春や昔の　春ならぬ」という表現を受容します。そして、その段階において、そこからの類推によって、初句「月やあらぬ」に、「昔の」という概念を補って、理解を「月や昔の月ならぬ」に変更します。つまり、「月や昔の月ならぬ」という理解に到達するうえで、読者は、当初に行なった「月やあらぬ」の理解を撤回して、そのうえで、改めて、「月や昔の月ならぬ」という理解に到達することになるのです。

このような、「月やあらぬ　春やむかしの　春ならぬ」の読者の理解の過程を、先に「順を追って読むこと」の章の二九ページで示したものに倣ってやや図式的に提示すれば、次のようになります。

「月やあらぬ」の受容＝「月やあらぬ」という理解
↓「春や昔の　春ならぬ」の受容↓**《当初ノ理解ノ撤回》**
↓**《理解ノシ直シ》**↓「月や昔の月ならぬ」という理解

読者は、このような極めて廻りくどい過程を経て、「月やあらぬ　春や昔の　春ならぬ」という表現を理解することになります。けれども、この過程において、当初に行なわれる「月やあらぬ」の理解および第二、三句を受容した後に行なわれるその撤回は、この和歌の表現を受容するうえで、まったく意味がありません。読者にとって必要なのは、「月や昔の月ならぬ」という最終的な理解だけなのですから、当初の理解は、最終的な理解を補助することもなければ、別の意味を重層させることもありません。読者にとって、最終的な理解以外の過程は、この和歌の読解のうえで、まったく意味を成さない、単なる徒労です。

だとすれば、「月やあらぬ　春や昔の　春ならぬ」という表現は、表現の受容のうえでは徒労に過ぎない当初の理解およびその撤回という過程が介在することを前提として、最終的に「月や昔の月ならぬ」という理解に至るように書かれた表現だということになります。この受容の過程で、本来必要なものは、先に述べたとおり、最終の理解のみなのですから、それ以外の部分は、ただの夾雑物です。けれども、読者が正しい理解に到達するためには、その夾雑物の存在が、不可欠となります。これが、言語表現の受容のうえで、正常なあり方ではないことは、自明でしょう。

このことを、どのように理解すべきでしょうか。

可能性として、三種を指摘することができるでしょう。第一に、この和歌が、文章表現として極めて稚拙な悪文だという可能性です。つまり、詠者の表現しようとした意図を、読者が容易に理解できるようには、書かれていないということです。第二に、詠者によって、意図的に読者の読解を混迷させるように書かれた表現だという可能性です。そして第三に、先に想定した理解の仕方――「月やあらぬ」を「月や昔の月ならぬ」の意として理解すること――に、誤りがあるという可能性です。

いずれの可能性も、ありうることではあるでしょうけれども、第一の可能性を確定することには、印象批評として以上の、特段の根拠を見出すことは困難でしょう。現実問題として、実際の文章に、意味の取りづらい悪文が少なからず存在するという事実は、否定することができませんけれども、だからと言って、世の中にありとある文章がすべて悪文であるということはないのですから、一般論として悪文が存在するということが言えるだけで、具体的個別的なある表現が悪文だということを、証明することはできないからです。特定の表現の理解のうえでは、悪文でないというあらゆる可能性が排除されるのでなければ、それを悪文であると確定することはできません。

また、第二の可能性も、そう解釈しなければならない積極的な意義を見出せないかぎり、採られるべきものではないでしょう。意図的な表現だとするならば、その意図するところと、それによって齎される効果とが、検証されなければならないからです。けれども、読者の読解を敢えて混迷させなければならない理由は、少なくともこの和歌の理解のうえで、容易には想定しがたいでしょう。だとしたら、ひとまずは第三の可能性を検討して、それが成り立たないことが明らかになるのでないかぎり、第一と第二との可能性は、放棄するべきです。言語表現の受容という観点からいえば、後続する「春や昔の　春ならぬ」という表現を前提とすることなしに、「月やあらぬ」という表現のみを受容した段階で、その表現自体を、理解することができるのでなければなりません。

そこで、ここでは、第三の可能性、つまり、「月やあらぬ」という表現が「月や昔の月ならぬ」の省略表現ではないということを前提として、この和歌の表現を考えてみることにします。

存否の表現

ここで、先に保留した問題について、検討します。「月やあらぬ」という表現は、それ単独で、どのような意味を担っているものなのでしょうか。

「月やあらぬ」とは、「月あらず」の疑問（反語）表現です。そして、「月あらず」とは、「月あり」の否定表現です。言い換えれば、「月あり」に負の評価を付加したのが「月あらず」であり、それが確実に断定できる事柄ではないことを判断するのが、「月やあらぬ」です。だとすれば、「月やあらぬ」の意味を解明するには、「月あり」がどのような概念であるのかを、考慮する必要があるでしょう。

もし、「月やあらぬ」が「月や昔の月ならぬ」の意味であるとすれば、「月あり」が「月、昔の月なり」と同義だということになります。つまり、「あり」は「昔の月なり」ということを意味します。

けれども、「あり」を「昔の月なり」の意味として解釈すべき根拠は、少なくとも「月あり」という表現の中には存在していません。それは、否定表現「月あらず」でも、その疑問（反語）表現「月やあらぬ」でも、違いはないはずです。「月あり」という表現は、それを素直に理解すれば、単に、月の存在――月ガ有ルコト――を意味しているに過ぎません。(註一五)ですから、「月やあらぬ」とは、月の存在自体に対する疑問（反語）の表現、つまり、「月がないのか」という意味として理解せざるをえないでしょう。原文に、より忠実に訳せば、――関東の表現には、ありませんけれども、――「月があらんのか」ということです。「去年に似るべくも」ない原因を、月の不在に求めている表現です。(註一六)

もちろん、「月やあらぬ」と「月やあらぬ　春や昔の　春ならぬ」とは、同一の表現ではありません。同じ「月やあらぬ」という表現を含むものであっても、それぞれが別種の概念を持っている可能性はあります。けれども、もし仮にそうだったとしても、その意味するところに、齟齬があることはないはずです。両者が別種の概念を持っているのだとしても、それは、「春や昔の　春ならぬ」という表現を受容した段階で、先行する「月やあらぬ」の意味の理解の撤回・修正が行なわれることによるわけではなくて、「月やあらぬ」という表現自体には内包されていない意味が重層・添加されることによって、成立するものです。「月やあらぬ」という事実を前提として、さらに、「春や昔の　春ならぬ」という事柄が、追加されるのです。「月やあらぬ」という表現の持つ意味そのものが、「春や昔の　春ならぬ」を受容することによって、変質することはありません。

対比の構造

さて、男がこの和歌を詠んだ理由は、周囲が、「去年に似るべくもあらず。」という状況にあることです。その原因を探ろうとするのが、その詠出の意図です。

去年との違いは、女の不在ということ以外にはないはずです。「あばらなる板敷」など、物理的な問題もないわけではありませんけれども、それはあくまでも、女の不在に付随する副次的なもので、重要なのは、そのような状況を引き起こした、根本的な原因であるはずです。けれども、男は、それを去年との相違の原因として認識することを、精神的に拒絶して、不問にしているのです。原因が、女の不在であることを認めないためには、それ以外の何物かに、「去年に似るべくも」ない理由を、見出さなければなりません。

「立ちて見、ゐて見、見れど、」という観察を以てしても、去年との異質感は、疑うべくもない事態として、男の目の前にあります。男には、「立ちて見、ゐて見、見」たとしても、すべてのものが変化してしまったようにしか、感じることができないのです。けれども、女の不在を問題としないかぎり、その原因が何処にあるかは、判りません。どのようにして原因を探してみても、どうしてもそれを発見することができないのです。

男にとって、「去年に似るべくもあらず。」という状況が、否定すべくもないものである以上、その原因は、何処かにかならず存在するはずです。にもかかわらず、それを見出すことはできないのです。そこで、可能性として想定されるものの中から、具体的に言葉として表出されたのが、「月やあらぬ」と「春や昔の　春ならぬ」だったのです。原因を見出すことができない以上、本来であれば疑うべくもない、不変であるはずの現象――月の存在――にまで、疑問を呈せざるをえません。それでも、その疑問を呈してみてもなお、女の不在を認めないかぎり、その原因を特定することはできないのです。

伊勢物語の地の表現と古今集の詞書とに「月のかたぶくまで」とあり、また、古今集の詞書に「月のおもしろかりける夜、」とあることからも明らかなように、現実の情景として、月は天空に存在して皓々と光り輝いていています。そして月が「かたぶ」いていることから、男の横たわっている板敷に、月の光が差し込んでいるであろうことも想像されます。月が存在しない、ということはありえませんし、男がそのような疑念を差し挟む余地も、ないはずです。そこで、この「月やあらぬ」という表現に、「そんなはずがない」という含みを読み取ることは、不可能ではないのかもしれません。つまり、反語的な表現だということです。

けれども、不変を確信できるのであれば、男の慟哭はありません。理性では、不変であることを理解せざるをえないとしても、感性では、それを確信できないのです。理性と感性とを一致させられないことが、男の悲嘆の理由です。本来、反語でしか表現することができないはずの、「月やあらぬ」という現実とは異なる事態を、素直に反語としては表出することができないところに、この和歌の枢要があるのです。

もっとも、伊勢物語の地の表現に、「去年に似るべくもあらず。」とあることを根拠として、月が去年の月とは違う、という把握をすることができるのではないか、という考え方も、あるかもしれません。たしかに、去年と今年との対比的な構造を見るべきところではあります。そして、「去年を思いでて、」（伊勢物語）、あるいは、「去年を恋ひて（こぞをこひて）、」（伊勢物語、古今集）詠まれた和歌である以上、「月やあらぬ」という表現も、去年の状況を踏まえた今年の状況として見なければならないでしょう。けれども、通説では省略と看做される「昔の」という概念は、言語表現として、明示も暗示もされていません。

だとすれば、これは、今年の月が、去年の月と比較して、変質したという表現ではありません。「去年」においてはたしかに月が存在したことに対して、「又の年」における月の存在に、疑念を抱いている表現なのです。変質と理解するにしろ、存否と理解するにしろ、いずれも、自然の不変を確信できない表現であるという点では、相違があるわけではありません。けれども、ここで表現されているのは、月の同質性に対する疑念ではなくて、月の存在という、絶対的に不変であるはずの現象に対する疑念です。

月の変化は、ありうることかもしれません。天候によって、印象が異なることもあるでしょうし、日付がほぼ同じ頃だったとしても、形状に微妙な違いのあることも、ありえます。「月やあらぬ」という表現が、「月や昔の月ならぬ」の意味であるとしたら、それは、月が存在することを前提として、その月が、以前と同じであるか、変化をしているか、ということを、問題としているのです。月が存在することは、事実として肯定しながらも、その月が去年とは変化しているかもしれない、という疑念です。

けれども、月が存在するか否かというのは、現在目の前にある、疑いようもない現実です。「月やあらぬ」とは、その疑うべくもない現実をすら、信じることのできない男の心情を表出した表現なのです。疑うべくもない現実に対してまで、疑念を持たなければならないことには、より痛切な感情に立脚する困惑があると言えるでしょう。だとしたら、その初句を承けて表出された第二、三句「春や昔の　春ならぬ」についても、やはりそれと同様に、本来は疑うべくもない現実として表出されていると、看做さなければなりません。如何に周囲を見回してみたところで、男にとっては、信ずべき何物も、存在してはいないのです。ですから、その疑うべくもない現実を疑ってみたとしても、そこには、結論を見出せるはずもありません。これは、去年と今年との相違を分析する表現ではないのです。現在が、過去のすべてと断絶し、孤立する感覚を、表現したものであると言えるでしょう。

言外の含意

さて、上の句がそのような表現であったとして、それでは下の句をどのように、解釈すべきでしょうか。「わが身ひとつは　もとの身にして」とある、第四句の「わが身ひとつ」が問題となるでしょう。

第四句の末尾にある係助詞「は」は、上に接する語を主題として特立して、それ以外の事項と区別する機能を持ちます。「わが身ひとつは」とは、「わが身ひとつ」を主題として、それを「わが身ひとつ」以外のものと、区別する表現なのです。ただし、「わが身ひとつ」以外のものは、和歌の表現として、明示されることがありません。

この和歌の本文が、仮に「わが身は」であるとすれば、その対概念になるのは、「わが心」(註一七)かもしれません。また、「あの人」(註一八)（通っていた相手の女性）であるとも、言えなくもないでしょう。けれども、変化しないのが「わが身ひとつ」である以上、その対概念は、そのように限定されたものではありません。変化したのは、「わが身」以外のものすべてなのです。つまり、「わが身ひとつは　もとの身にして」とは、変化していないものは、自分の身体以外には何もない、という表現です。

男にとっては、自分の身体以外のものがすべて変化してしまったようにしか、感じることができないのです。けれども、どのように観察してみたとしても、その具体的な原因は、まったく判然しません。「月やあらぬ」にしろ、「春や昔の　春ならぬ」にしろ、すべてが変化してしまったことの原因についての結論ではありません。ただ、原因として想定しうる可能性の一つとして、提起されているに過ぎません。そして、そのいずれもが、原因としては十分ではないのです。

「月あらず」は、現実ではありません。そして、「春、昔の春ならず」もまた、現実ではないのです。けれども、すべてが変化してしまったように感じられる現在、不変を信じられるものは、何処にもありません。周囲のものすべてが不変のはずであるのにもかかわらず、すべてが変化してしまったように感じられる、その中で、ただ一つとり残されてしまったのが、「わが身」なのです。別の言い方をすれば、「わが身ひとつ」が「もとの身」であることだけが、男にとって確実に言えることなのです。そして、それ以外のものに対しては、何一つ、確信を持つことができません。

現実的に言えば、変化していないのは、「わが身ひとつ」だけではありません。逆に、女の不在と、それに起因する五条の邸宅の状態以外は、何も変化しているものは、なかったはずです。けれども、男の心情としては、それを信じることができず、逆に、「わが身」以外のすべてのものの変化を、疑わざるをえないのです。

つまり、この和歌は、月について詠まれたものでもなければ、春について詠まれたものでもなく、「わが身」を主題として、それが、周囲の状況すべてと乖離して、孤立してしまった悲哀を詠出したものだということです。「月やあらぬ」にしろ、「春や昔の　春ならぬ」にしろ、その答えを見出すべくもない問い掛けです。答えを見出すことができないのが明らかであるにもかかわらず、それを疑問として表出せざるをえなかった男の心情が吐露されたのが、この和歌だったと言うことができるでしょう。

註一　大津有一・築島裕「伊勢物語」（『竹取物語・伊勢物語・大和物語』岩波書店／日本古典文学大系九、一九五七年一〇月）。以下、いちいち断ることをしませんが、引用に際しては、句読を私に改めています。次の章以降においても、本文の引用に対する方針は同様です。

註二　佐伯梅友『古今和歌集』（岩波書店／日本古典文学大系八、一九五八年三月）。

註三　池田亀鑑『伊勢物語に就きての研究　校本篇』（大岡山書店、一九三三年九月）。西下経一・滝沢貞夫編『古今集校本』（笠間書院／笠間叢書七九、一九七七年九月）。古今集には第五句「もとの身にして」を、「おなし身にして」とする伝本（雅経筆本崇徳天皇御本）のほか、数本に、「をなしイ」の校合本文を持つものも、あるようです。けれども、主要な伝本には異同がなく、また、大意にも変動がありません。

註四　吉海直人『『源氏物語』の時間表現』（新典社／新典社選書一一二、二〇二二年七月。第二部第七章「「ほのぼのと明く」の再検討―『伊勢物語』第四段を起点にして―」）、「教室の内外（6）―『伊勢物語』・『土佐日記』・『和泉式部日記』・『更級日記』―」（『同志社女子大学日本語日本文学』第三四号、同志社女子大学日本語日本文学会、二〇二二年六月）。

註五　保科恵「勢語四段と日附規定―「ほのぼのとあくる」時刻―」（『二松学舎大学論集』第五八号、二松学舎大学文学部、二〇一五年三月）。小林賢章「ホノボノ考」（『同志社女子大学　学術研究年報』第七〇巻、同志社女子大学、二〇二〇年一月）。吉海直人『『源氏物語』の時間表現』（新典社／新典社選書一一二、二〇二二年七月。第二部第七章「「ほのぼのと明く」の再検討―『伊勢物語』第四段を起点にして―」）。

註六　保科恵「勢語四段と日附規定―「ほのぼのとあくる」時刻―」（『二松学舎大学論集』第五八号、二松学舎大学文学部、二〇一五年三月）。萩谷朴『土佐日記全注釈』（角川書店、一九六七年八月）でも、一月一〇日の月の入の時刻を「午前三時七分」と注記しています。

註七　一条兼良「伊勢物語愚見抄」（片桐洋一『伊勢物語の研究〔資料篇〕』明治書院、一九六九年一一月）。

註八　本居宣長「玉勝間」（『本居宣長全集　第一巻』筑摩書房、一九六八年五月。玉かつま六の巻「業平朝臣の月やあらぬてふ歌のこゝろ」）。

註九　石田穣二『伊勢物語注釈稿』（竹林舎、二〇〇四年五月）。

註一〇　森野宗明『伊勢物語』（講談社／講談社文庫、一九七二年八月）。

註一一　徳田政信「伊勢物語「月やあらぬ」考（上）—宣長の反語説は成立するか—」（『中京大学文学部紀要』第八巻第二号通巻第一六号（国文学科特集）、中京大学学術研究会、一九七三年一一月）。該論は、「—や—や」の構文を持つ和歌の調査から、この和歌の「月やあらぬ」と「春や昔の　春ならぬ」を疑問の表現だとしています。基本的な線において、特別に異論があるわけではありませんが、同句の中でくり返して使用される「—や—や」——「名にしおはば　いざ事とはむ　宮こ鳥　わがおもふ人は　ありやなしやと」（伊勢物語、第九段）など——と、句を隔ててくり返される「—や—や」——この段の和歌など——とを、一括して取り扱って良いものかなど、論述の過程に若干の疑義がないわけではありません。

註一二　小沢正夫『古今和歌集』（小学館／新編日本古典文学全集一一、一九九四年一一月）。

註一三　片桐洋一『古今和歌集全評釈　中』（講談社、一九九八年二月）。

註一四　小松光三『日本表現文法論』（新典社／新典社研究叢書九三、一九九六年五月。第一部第一章「表現文法論とその立場」）。

註一五　竹岡正夫『古今和歌集全評釈　下　増補版』（右文書院、一九八一年二月）は、「今、仮に助詞「や」をとると、「月（は）あらず。」となる。直訳すると、「月は、そうではない。」「月は、違う。」となるわけである。」とし、「今見ているこの月は、昨年ここで恋人と一緒に楽しい気分に浸ってながめた、あの時の月ではないのかしら、あの時の月とは違うのかしら。」と訳出していますが、「あらず」をそのように解釈すべき根拠は、提示されていません。さらに贅言すれば、語法的にも、係助詞「は」を補うべきではないでしょう。

註一六　小松光三「「月やあらぬ」の背景―漢詩に典拠を求めて―」（王朝文学協会編集『王朝』第九冊、中央図書出版社、一九七六年六月）は、「月やあらぬ」が「月や昔の月ならぬ」の省略表現ではないことを、明確に指摘しています。ただ、この説で、典拠の問題を主要な根拠としていること、また、今年の時点において、去年までと同じ月が存在しないという理解を示す点で、本章の結論とは相異なります。なお、反語説の立場から、「月やあらぬ」を「月あらぬや、月はあり、」とする理解が、既に、高宮環中「伊勢物語審註」（『伊勢物語古註釈大成』日本図書センター／日本文学古註釈大成、一九七九年五月）に見られますが、これには、特別にその根拠が示されているわけではありません。

註一七　森本茂『伊勢物語全釈』（大学堂書店、一九七三年七月）。

註一八　福井貞助「伊勢物語」（『竹取物語・伊勢物語・大和物語・平中物語』小学館／新編日本古典文学全集一二、一九九四年一二月）。

言葉の意味に忠実に

——虫愛づる姫君の用語「かたはら」——

もしある事実が推理と一致しなかったら、そのときはその推理を捨てることです。

――Agatha Christie

冒頭の表現

堤中納言物語に収められている短篇虫愛づる姫君は、文字どおり、虫を可愛がっている姫君が登場する物語です。その作品の冒頭の一文を引用します。

蝶めづる姫君の、すみ給、かたはらに、按察使の大納言の御むすめ、心にくゝなべてならぬさまに、親たち、かしづき給事、かぎりなし。（註一）

作品のタイトルは、虫愛づる姫君なのですけれども、物語は「蝶めづる姫君」の話から始まります。蝶を可愛がっている姫君がいて、その「かたはら」に、「按察使の大納言の御むすめ」が住んでいる、というのですが、その人物が「虫めづる姫君」で、すぐ後の部分で、その姫君の「虫めづる」行為が、詳しく語られることになります。

この姫君の、の給事、「人々の、花、蝶やとめづるこそ、はかなくあやしけれ、人は、まことあり、本地、たづねたるこそ、心ばへ、おかしけれ。」とて、よろづの虫の、おそろしげなるを、とりあつめて、「これが、ならんさまを、みむ。」とて、さま〴〵なるこばこどもに、いれさせ給、中にも、「かは虫の、心ふかきさましたるこそ、心にくけれ。」とて、明け暮れは、耳はさみをして、手のうらにそへふせて、まぼり給。

この冒頭部分に登場する「蝶めづる姫君」に対する一般的な理解と思しいものを、二つあげておきます。

蝶を愛するお姫様。これが普通の人情の姫君である。(註二)

蝶を賞しいつくしむ姫君。ふつうの姫君である。女主人公「虫めづる姫君」に対して、世間一般の代表として対比される。(註三)

後のものの方がより詳しい説明がされていて、「虫めづる姫君」との対比に言及していますが、どちらも「蝶めづる姫君」が王朝の姫君として通常の人物だと理解する点で、共通しています。つまり、「蝶めづる」行為は正常で、「虫めづる」行為は異常だ、ということで、正常な

「蝶めづる姫君」の隣――「かたはら」――に、異常な「虫めづる姫君」が住んでいるという設定です。この冒頭の部分に対して注記のない注釈書でも、これらと同様の方向で理解していると思われますから、これを通説と看做して良いでしょう。

さらに進めて、この冒頭一文を、作品の主題と関わらせて言及するものもあります。

物語は「蝶めづる姫君の住み給ふ傍に……」という文からはじまる。主人公はいわゆる「虫めづる姫君」なのだが、彼女とはまったく対照的な女性の名から語り出すところに、この作品の主題や構造が露呈されているといえよう。（註四）

それに対して、「蝶めづる」行為を、肯定的には評価していない見解があります。王朝の姫君の行為として、それを異常なものと考えているのです。

王朝の姫君が実物の蝶を愛玩するのは、珍奇な印象。花と併称されるが、高貴の女性が、直接に、蝶を愛玩飼育の対象とすることはない。珍奇な姫君の近隣に、虫を愛玩する奇怪な姫君が居住する設定である。（註五）

この説で指摘されているのは、以下の二点だと言えるでしょう。第一に、「蝶めづる」というのが、実物の蝶を可愛がる行為であること、第二に、そのような行為は、王朝時代の姫君としての通常の姿ではないということです。

第二の点は、第一の点を前提に、成立します。したがって、第二の点を批判するためには、まず、第一の点を検証する必要があるはずです。つまり、この作品の本文を読解するうえで、第一の点を軽視することは、できないのです。特段の検討がなされることもなく、「蝶めづる姫君」を正常な姫君として読んでいることが多いように思われますけれども、「蝶めづる姫君」がどのような人物なのかが、この作品の主題に関わる問題なのだとしたら、より一層慎重な吟味が、欠かせないでしょう。

さて、作品の中で、「蝶めづる姫君」について、次のように言及されています。「虫めづる姫君」の邸宅に仕えている、「とがくしき女」による発言です。

とがくしき女、聞きて、「若人たちは、なに事、いひをわさうずるぞ。蝶めで給なる人も、もはら、めでたうもおぼえず。けしからずこそ、おぼゆれ。さて又、かは虫ならべ、蝶といふ人、ありなんやは。たゞ、それがもぬくるぞかし。そのほどをたづねて、し給ぞかし。それこそ、心ふかけれ。蝶は、とらふれば、手にきりつきて、いとむつかしき物ぞかし。又、蝶は、とらふれば、わらは病、せさすなり。あな、ゆゝしともゆゝし。」と、いふに、いとゞにくさまさりて、いひあへり。

傍線を付した箇所から見ても、「蝶めづる姫君」が、蝶を実際に飼育していたことは、明らかです。「てにきりつ」いたり、「わらは病」したりするのは、実物の蝶と接触することによって起こることだからです。「とらふれば、」というのも、実物の蝶の存在が前提です。姫君の発言の中に、蝶に対する、「花、蝶や」のような抽象的なものとも見られる文言は見られますけれども、それにしても、この表現から考えて、「蝶めづる姫君」が蝶を飼育していたと考えることは、否定しがたいでしょう。

もっとも、作中には、「蝶めづる姫君」を肯定的に捉えているように見える記述もあります。姫君に仕えている女房たちの会話で、これが原因で、先ほどの「とがゝしき女」の発言に繋がるのです。

これを、若き人〴〵、聞きて、「いみじくさかし給へど、心ちこそ、まどへ。この御遊びものは。いかなる人、蝶みつる姫君(註六)に、つかまつらん。」とて、兵衛といふ人、

いかでわれ　とかむかたない　くしか成　はかむしながら　みるわざはせし

と、いへば、小大輔といふ人、笑ひて、

うらやまし　花や蝶やと　いふめれど　かは虫くさき　世をもみる哉

ここには、女房の一人が「蝶みつる（めづる）姫君」に仕えることを、「うらやまし」いことだとする文言があります。これが、「蝶めづる」行為を肯定するものであるとも、考えられないことはないかもしれません。けれども、この発言を額面通りに受け取ることはできません。ここは、あくまでも女房たち同士、仲間うちで愚痴を言い合う場面であって、「蝶めづる姫君」に仕えるのが「うらやまし」い状況だということが、客観的に示されているわけではないからです。現在の劣悪な環境に対する不満を、隣の家の女房に対する羨望として話し合って憂さを晴らしているに過ぎないのです。その歌を「笑ひて」詠んでいるのも、「うらやまし」いというのが本音ではないことと、照応しているのでしょう。

愚痴はあくまでも愚痴なのであって、「若き人〴〵」が本当に「蝶めづる姫君」に仕えたい

と思っていると読み取ることはできません。「とがくしき女」は、その愚痴に過ぎない女房たちの軽口を真に受けて、それを浅慮として正論の苦言を呈しているので、「若き人ぐ」はそれに反駁することができずに「にくさまさ」ることになるわけです。

もっとも、「とがくしき女」の苦言も、けっして客観性を持っているとは言えません。「とがくしき女」が、姫君と一緒になって虫を可愛がったりすることはないのですから、それが「若き人ぐ」の愚痴と、大した程度の差のないものでしかない可能性もあります。これを根拠に、「若き人ぐ」の発言を、否定し去ることのできるようなものではないでしょう。

また、解釈の方法という観点から言っても、「とがくしき女」の苦言を、「蝶めづる」行為の是非を決定するための根拠とすることには問題があります。この作品の冒頭の解釈を決めるのに、後から出て来る部分の内容を根拠にすべきではないという適確な指摘がなされている(註七)ように、そういう理解の仕方には、妥当性を認めることができないからです。読者がまだ読んでいない部分を、表現を理解するための根拠にはできません。ある表現を読むうえでは、その表現自体を読んだ段階で、その言葉が持っている意味を理解できるのでなければなりません(註八)。

とは言え、「蝶めづる姫君」を、王朝の「ふつうの姫君」であると認定しようとするのだとしたら、「蝶めづる」行為が正常なものであることを、検証して確定する必要があること自体に、変わりがあるわけではありません。この作品のここまでの場面に、蝶を可愛がることについての評価を決められるようなことは書かれていないのですから、ほかの作品の記述から、あるいは、史実のうえから、王朝女性が蝶を飼育するのが異常な事態ではなかったと看做される事例を示すことは、必須のはずです。けれども、そのことを明示する注釈は、見当たらないようです。逆に、王朝時代の文学作品に、実物の蝶を素材とするものが稀少であることを、指摘する見解があるくらいです。(註九)仮に、「蝶めづる姫君」が、図案・意匠としての蝶を「めづる」のだと理解したとしても、それでは、実物の虫を「めづる」姫君との対照が不鮮明となりますし、また、先ほど引いた「とがくしき女」の発言との整合性にも、疑義が出て来ます。後から出て来る表現を前の部分の解釈の根拠にはできないということと、後に出て来た表現が前の部分と矛盾していても構わない、ということとは別の問題です。

もっとも、これは議論としてはあまり有効ではないだろうと思います。現代の読者が、後の部分から類推して「蝶めづる姫君」の評価を考えることが正しくないというのは確かなのですが、後の部分を見て解釈するのをやめれば、それがただちに「蝶めづる姫君」が王朝の姫君として正常だ、ということになるわけではないからです。

平安時代の読者は、作品冒頭の「蝶めづる姫君の、……」という部分を読んだ時点で、それがどういう意味を持っているのかが判ったはずです。平安時代の読者が、その段階でどのように理解していたか、理解できていたか、という観点からすれば、どちらの説も、確かな根拠のうえに成り立っているとは言えないでしょう。「蝶めづる姫君」正常説にしろ異常説にしろ、それを証明できているわけではないのです。

いま、ここで取り上げようとするのは、もっと基本的な、語句の意味の問題です。作品冒頭の一文の表現のうえから、王朝女性の「蝶めづる」行為の是非を、判定しようとするのです。「蝶めづる姫君のすみ給、かたはらに、」という冒頭の部分を読んだ段階で、一体どのようなことが理解できるのかを、考えなければなりません。

先ほど、後に出て来る「とがくしき女」の発言を根拠に「蝶めづる姫君」の解釈をすることが妥当ではないと述べましたが、この部分から溯って冒頭の解釈をしているのは現代人だからであって、平安時代の読者であれば、「蝶めづる姫君」という言葉を読んだ段階で、何らかの特定の印象を持つことができたはずです。その時点で、それが正常なのか異常なのかを理解できたのだろうと思われますけれども、現代の読者にはそれができない――両説が並立している――わけですから、次善の策として、その次の「かたはら」について考えてみるよりほかにありません。

そこで、ここでは、「かたはら」という語の用法から、作品冒頭の表現を、考慮しようと思います。それによって、「蝶めづる」という行為がどういう意味を持っているのか、考えて行きます。その結果が、先に述べた、後に出て来る部分の内容の示すところと矛盾することがなければ、「蝶めづる姫君」を「ふつうの姫君」と理解する通説に、殊更に従うべき理由はありません。前の部分を考えることによって得られた解釈が、後の部分と結果として一致するのであれば、その読み方が正しかったということになります。

主体と旁側

「かたはら」という語は、「Aノ『かたはら』ニB」という形式で、ある物（A）の近辺に、別の何物か（B）があることを示す表現です。AとBとが、表現として完備していない場合であっても、概念としては、両者がともに存在します。

まず、現代語で考えてみると、「Aノ『かたはら』ニB」という場合、AとBとは、同じ次元の事象として表現されます。ですから、たとえば、

東京都在住のサラリーマンの『かたはら』に、彼が住む。

という言い方は、ふつうにはすることがありません。Aの「東京都在住のサラリーマン」という普遍的抽象的な表現と、Bの「彼」という個別的具象的な表現とでは、次元に格差があるからです。これは、「彼」が給与生活者でなかったからといって、成り立つものではありません。「東京都在住のサラリーマン」という表現には、「彼」という個別的な表現を「かたはら」として位置づけることができるような具象性が、存在しないのです。

同じような例で言えば、通常では、

有名なプロ野球選手○○の『かたはら』に、彼が住む。

というような、具象対具象の事象として、表現されるはずです。Aの「プロ野球選手○○」が個別的なものだから、その「かたはら」が成り立つのです。

それでは、次に、これが現代の国語の場合に限って言えることなのか、あるいは現代の用法と古代の用法が同じなのかを確かめる必要があります。

虫愛づる姫君と同じ堤中納言物語に収められている作品の中から、「かたはら」が使用された事例を、引用します。

去年の秋の比ばかりに、清水にこもりて侍しに、かたはらに、屏風ばかりをものはかなげにたてたる局の、にほひいとをかしう、人ずくななるけはひして、をりくうち泣くけはひなどしつゝおこなふを、……　(このついで)

几帳のほころびより、櫛の箱の蓋に、たけに一尺ばかりあまりたるにや、と、みゆる髪の、筋、すそつき、いみじううつくしきを、わげいれて押しいだす、かたはらに、いますこしわかやかなる人の、「十四五ばかりにや。」とぞ、みゆる、髪、たけに四五寸ばかりあまりてみゆる、……　(このついで)

前の例は、作中で、「中納言の君」という女性が清水寺で参籠をしていた時に、局の「かたはら」に、屏風だけを立てた局があった、という表現です。ある局の「かたはら」に、別の局があったということです。そして、後の例は、出家をしようとしている「いとけだかう、たゞ人とはおぼえ侍らざりし」女性がいて、その「かたはら」に、「いますこしわかやかなる人の、

「十四五ばかりにや。」とぞ、みゆる」女性がいるという表現です。ある女性の「かたはら」に、別の女性がいたわけです。

前の例では、局（A）に対する別の局（B）であり、後の例では、女性（A）に対する別の女性（B）であって、いずれも、具象対具象です。「かたはら」という言葉は、基本的に、このような形で使われます。

具象の事例

いま見た平安時代の「かたはら」の使い方が、現代の国語の感覚と一致したわけですが、さらに、確実にそう言えるのか、念のためにより多くの事例を見ておこうと思います。源氏物語における用例（註一〇）を検討して、「かたはら」がどのような状況で使用される言葉であるか、確認しておきたいと思います。多くの用例を扱いますので、便宜上、通し番号を付します。

まず、AとBとが、ともに人物の事例です。

①返入りて、探り給へば、女君は、さながら臥して、右近は、かたはらにうつぶしふしたり。

（夕顔・一―一二三）

②かたなりに見え給へど、いと子めかしう、しめやかに、うつくしきさま、し給へり。「かたはら避けたてまつらず、明け暮れのもてあそびものに思ひきこえつるを、いとさうざうしくもあるべきかな。……
（少女・二―三〇五）

③かく足らひぬる人は、かならず、え、長からぬ事なり。「何を桜に」といふ古言もあるは。かゝる人の、いとゞ世にながらへて、世の楽しびを尽くさば、かたはらの人、苦しからむ。
（若菜下・三―三七三）

④すこし寝入り給へる夢に、彼衛門督、たゞありしさまの袿姿にて、かたはらにゐて、此笛を取りて、見る。
（横笛・四―五八）

⑤もの語りなどし給て、あか月方になりてぞ、寝たまふ。かたはらに臥せ給て、故宮の御事ども、年比おはせし御有さまなど、まほならねど、語り給。
（東屋・五―一六四）

⑥かのいゐにも隠ろへては据へたりぬべけれど、しか隠ろへたらむを、「いとおし。」と、思ひて、かくあつかふに、年ごろ、かたはらさらず、明暮れ見ならひて、「かたみに心ぼそく、わりなし。」と、思へり。（東屋・五―一六七）

⑦車二つして、老い人乗り給へるには、仕うまつる尼二人、次のには、この人を臥せて、かたはらに、今一人乗り添ひて、道すがら行もやらず、車とめて、湯まいりなどし給。

（手習・五―三三二）

⑧「いとおかしう、今の世に聞こえぬ言葉こそは、弾き給けれ。」と、ほむれば、耳ほのぐしく、かたはらなる人に問ひ聞きて、……

（手習・五―三五四）

①は、Aの「女君」（夕顔）が「臥して」いる「かたはら」に、Bの「右近」が「うつぶし」ている場面です。②は、Aの大宮が、Bの雲居雁を側から離さないのです。③は、Aが「かゝる人」（紫上）であり、Bがその近くにいる「人」です。このBの「人」は、女三の宮を指すものと思われますけれども、特定の人物を指す表現ではないと理解する可能性も、ないわけで

はないでしょう。けれども、もし仮にそうだったとしても、それは抽象的な不特定の多数ではなくて、紫上の「かたはら」にいる具象的な特定の多数です。④は、Aの夕霧が、Bの「衛門督」（柏木）を夢見ています。⑤は、Aの中君が、Bの浮舟を、「かたはら」に寝かせたのです。⑥は、Aが浮舟の母君で、Bが浮舟です。⑦は、Aの「なにがしの僧都」の妹尼と、Bの「今一人」の人物です。⑧は、Aの母尼が、Bの近くにいる「人」に、中将の言った内容を尋ねた場面です。

次に、Aが人物で、Bが人物以外の事例です。

⑨その夜、上の、いとなつかしう昔もの語りなどしたまひし御さまの、院に似たてまつり給へりしも、恋しく思出できこえ給て、「恩賜の御衣は今此に在り」と、誦じつゝ、入り給ひぬ。御衣は、まことに身を放たず、かたはらにをき給へり。（須磨・二―三四）

⑩紅の黄ばみたるけ、添ひたる袴、萱草色の単衣、いと濃き鈍色に、黒きなど、うるはしからず重なりて、裳、唐衣も脱ぎすべしたりけるを、とかく引きかけなどするに、葵をかたはらにをきたりけるを、よりて取り給て、「いかにとかや、この名こそ、忘れにけれ。」と、

の給へば、……　（幻・四―一九八）

⑨は、Aが源氏の「身」であり、Bが冷泉帝拝領の「御衣」です。⑩は、Aが中将の君であり、Bがその脇に置かれていた「葵」です。

次に、Aが人物以外でBが人物の事例です。

⑪乳母の、下りし程はをとろへたりしかたち、ねびまさりて、月ごろの御もの語りなど、馴れきこゆるを、あはれに、さる塩屋のかたはらに過ぐしつらむことを、おぼしのたまふ。

（松風・二―二〇〇）

⑪は、Aが「塩屋」であり、Bが明石君です。

次に、AとBとが、ともに人物以外の事例です。

⑫六条わたりの御忍びありきのころ、内よりまかで給中宿りに、大弐の乳母の、いたくわづらひて、尼になりにける、とぶらはむとて、五条なるいゑ、尋ねておはしたり。御車入る

べき門は、鎖したりければ、人して、惟光召させて、待たせ給ける程、むつかしげなる大路のさまを見はたし給へるに、このいゑのかたはらに、檜垣といふもの新しうして、上は半蔀四五間ばかり上げわたして、簾などもいと白う涼しげなるに、おかしきひたいつきの透影、あまた見えてのぞく。（夕顔・一―一〇〇）

⑬あたりさへすごきに、板屋のかたはらに、堂建てて行へる尼の住まゐ、いとあはれなり。御灯明の影、ほのかに透きて見ゆ。（夕顔・一―一三三）

⑭御寺のかたはら近き林に抜き出でたる筍、そのわたりの山に掘れる所などの、山里につけてはあはれなれば、たてまつれ給とて、御文、こまやかなる端に、……（横笛・四―四九）

⑮いとうたて、いま一際の御心まどひも、めゝしく人わるくなりぬべければ、よくも見給はで、こまやかに書きたまへる、かたはらに、

かきつめて　見るもかひなし　藻塩草　おなじ雲居の　煙とをなれ

と、書きつけて、みな焼かせ給。（幻・四―二〇五）

⑯さて、「こゝに時々ものするにつけても、かいなきことのやすからずおぼゆるが、いと益なきを、この寝殿こぼちて、かの山寺のかたはらに、堂建てむとなん、思ふを、おなじくは、とくはじめてん。」と、の給て、……

（宿木・五―八七）

⑫は、Aが源氏が訪れた「大弐の乳母」の「五条なるいゑ」であり、Bがその側に建つ夕顔の屋敷です。⑬は、Aが「板屋」であり、Bが「堂」です。⑭は、Aが「御寺」であり、Bが「林」です。厳密に言えば、「御寺」の「かたはら」の近くに「林」があるわけですけれども、「御寺」と「林」とが隣接しているということで、そのように考えて大過ないでしょう。⑮は、Aが紫上が生前に書いた手紙の筆跡であり、Bがその側に源氏が書き付けた「かきつめて」の和歌です。⑯は、Aが「山寺」で、Bが「堂」です。

ここまでに見て来た事例では、「Aノ『かたはら』ニB」という表現で、AとBとは、人物である場合と、そうでない場合とがありますけれども、A・Bどちらも、個別的具象性を持ったものとして表現されています。

缺項と抽象

それに対して、以下の事例は、Ｂが抽象的なものとも見られるでしょうか。

⑰その中に、藤壺と聞こえしは、先帝の源氏にぞ、おはしましける、まだ坊と聞こえさせし時、まいり給て、高き位にも定まり給べかりし人の、取り立てたる御後見もおはせず、母方もその筋となく、物はかなき更衣腹にてものし給ければ、御まじらひの程も心ぼそげにて、大后の内侍督をまいらせたてまつり給て、かたはらに並ぶ人なくもてなしきこえなどせし程に、けおされて、みかども、御心の中に、いとおしき物には思きこえさせ給ながら、おりさせ給にしかば、かひなくくちおしくて、……

（若菜上・三―二〇六）

⑱「これこそは、限りなき人の御ありさまなめれ。」と、見ゆるに、女御の君は、おなじやうなる御なまめき姿の、いますこしにほひ加はりて、もてなし・けはひ、心にくゝ、よしあるさまし給て、よく咲きこぼれたる藤の花の、夏にかゝりて、かたはらに並ぶ花なき朝ぼらけの心ちぞ、し給へる。

（若菜下・三―三三八）

⑲上りての世を聞き合はせ侍らねばにや、衛門督の和琴、兵部卿宮の御びわなどをこそ、このごろめづらかなるためしに引き出で侍めれ。げにかたはらなきを、こよひうけたまはる物の音どもの、みなひとしく耳おどろき侍は、……（若菜下・三―三四二）

⑰は、Aの女三の宮の母「藤壺」に対して、Bの「並ぶ人」です。この場合のBは、かならずしも個別性を持った「人」ではありません。実在する特定の人ではなくて、不特定の存在です。その意味では、これを抽象的な表現であるとも、見られないわけではありません。けれども、ここは、主となるものがあるのに対して、従となるべきものがないのです。つまり、Bが缺項の事例だと考えられます。もし、「かたはらに並ぶ人」が存在していれば、それは個別的具象性を持った「人」になったはずです。Aの存在が抜群で、それに並ぶ存在がないために、Bが缺項となっているのです。⑱も同様に、Aの「藤の花」に比肩するBの「並ぶ花」が存在しないために、具象的な「花」としてのBが缺項となっています。⑲は、同じくAに対するBが缺項の事例です。ただし、Aが「衛門督の和琴、兵部卿宮の御びわ」であり、これまでのような単数の事例ではありません。けれども、複数であることと、個別的具象性があることとは、

矛盾するものではないでしょう。柏木と螢との奏楽を、それ以外の人のそれと比較して、優れているというのです。

次に、⑲と同様に、「かたはら（も）なし」という形で表現される事例です。

⑳大将の、たゞ一ところおはするを、さう〳〵しくはえなき心ちせしかど、あまたの人にすぐれ、おぼえことに、人がらもかたはらなきやうにものし給にも、かの母北の方の、伊勢の宮す所とのうらみ深く、いどみかはし給けんほどの御宿世どもの行末見えたるなむ、さま〳〵なりける。（若菜上・三―二六八）

㉑いさや、はじめよりやむごとなき人の、かたはらもなきやうにてのみ、ものし給めればこそ。中〳〵にてまじらはむは、胸いたく、人笑へなることや、あらむ。（竹河・四―二六六）

⑳は、Aが「大将」（夕霧）であり、その人柄が並ぶ者がないというのです。㉑は、Aが東宮の寵愛を受ける「やむごとなき人」であり、それに匹敵する人がないということです。

これらの用例において欠項しているのは、いずれもBです。Aが缺項になることはありません。つまり、主たるAが存在して、それに対する従が存在しないのです。したがって、Aに個別的具象性があって、その「かたはら」が規定される点で、これまでの事例と齟齬することはありません。

次にあげる㉒と㉓も、同様に、Bが缺項の事例です。

㉒「かのありし猫をだに、得てしかな、思事語らふべくはあらねど、かたはらさびしき慰めにもなつけむ。」と、思ふに、もの狂おしく、「いかでかは、盗み出でむ。」と、それさへぞ、かたき事なりける。（若菜下・三―三一一）

㉓人々はみないそぎ立ちて、をの〳〵、櫛、手箱、唐櫃、よろづの物を、はか〴〵しからぬ袋やうの物なれど、みな先立てて運びたれば、ひとりとまり給べうもあらで、泣く〳〵御車に乗り給ふも、かたはらのみまもられたまて、こち渡りたまうし時、御心地の苦しきにも、御髪かき撫でつくろひ、おろしたてまつり給しをおぼし出づるに、目も霧りていみじ。（夕霧・四―一三八）

㉒は、Aが柏木です。女三の宮が近くにいない空虚感が、「かたはらさびし」と表現されています。㉓は、Aが落葉宮です。Bはその脇の場所ですが、そこには夕霧不在の空間がありますす。いずれも、Bは存在していない事例ですけれども、これらは充当すべき概念自体が存在していないのではなくて、本来あるべきものが欠如しているのです。

さて、ここまでに検討してきた事例とは相違して、次に掲げる㉔は、抽象的な事物に対して、「かたはら」と規定する事例と、看做すことができるでしょう。

㉔源氏中将は、青海波をぞ、舞ひたまひける。片手には、大殿のとふの中将、かたち・用意、人にはことなるを、立ち並びては、なを、花のかたはらの深山木なり。

（紅葉賀・一―二四〇）

㉔は、Aの「花」は、実在する特定の花を指す表現ではありません。王朝時代の通例として、桜の花に限定することは、可能かもしれませんけれども、それにしても、個別性を持った特定の桜の花ではなく、抽象性を持った表現です。けれども、それに対するBの「深山木」も同様に、個別性を持っていません。つまり、ここでは、A・Bともに、抽象的なものであって、両

者に次元の相違はないのです。さらに言えば、「花」と「深山木」という表現自体は、抽象的なものではありますけれども、その裏面には、「源氏中将」と「大殿のとふの中将」という具象性が潜在しているのです。源氏―頭中将という具象対具象と、花―深山木という抽象対抽象とが対応する表現です。

以上確認して来たことを整理すれば、「Aノ『かたはら』ニB」という表現については、以下のようなことが言えるでしょう。すなわち、――

第一に、A・Bともに、個別的具象性を保有する人物ないし事物が、充当されることを、基本とします。

第二に、Aが個別的具象性を保有して、Bに個別的具象性を保有する概念を充当できない場合、Bが缺項となります。なお、Bが缺項となることができて、Aが缺項とはならないことから、Aを主と、Bを従と認識することはできるかもしれませんけれども、ここに言う主と従とは、かならずしも正邪の概念を伴うものではありません。A・Bいずれに視点の主体を置くかという、比較の問題です。

第三に、Aが具象性を保有しない場合、Bも抽象的な事象として、表現されます。

――と、いうことになります。

特異な姫君

「かたはら」という言葉の用法を確認したところで虫愛づる姫君の作品冒頭に戻れば、これは、Aの「蝶めづる姫君」の「かたはら」に、Bの「按察使の大納言の御むすめ」が住んでいるという表現です。Bの「按察使の大納言の御むすめ」は、ただ一人の異常な「虫めづる姫君」なのですから、個別的具象的な人物であるのは間違いありません。そもそも、「按察使の大納言の御むすめ」自体、個別性を持った、一人の人物を示す表現です。それに対して、Aの「蝶めづる姫君」はどうでしょうか。

Bの「按察使の大納言の御むすめ」が個別的具象的な人物であるのが疑いのないことである以上、それに対するAの「蝶めづる姫君」も同様に個別的具象的な人物だと考えるのが、これまで検討した結果の示すところです。だとすれば、「蝶めづる姫君」を、不特定多数の姫君を指す普遍的抽象的な表現だと考えることは、困難でしょう。「蝶めづる姫君」という言葉自体は、複数として用いることもできないことはないのかもしれませんけれども、その「蝶めづる姫君」を特定の個人に限定することができないのだとしたら、それに対する「かたはら」という表現は、成り立つことがありません。

さらに言えば、先に七八ページに引用した部分にある、「いかなる人、蝶みつる姫君に、つかまつらん。」という女房たちの会話も、「蝶めづる姫君」が個別的具象的なものであって初めて成り立つものです。王朝の姫君の中で、「虫めづる姫君」だけが異常なのだとすれば、特殊な環境にあるのは「虫めづる姫君」に仕えている女房たちだけで、それ以外の女房たちは、「ふつうの姫君」に仕える「ふつう」の環境にあるのですから、そのような状況では、「蝶みつる姫君に、つかまつ」る女房に対して、「いかなる人」とする疑問を呈することはできません。「いかなる人」を、「どんな幸運な人が」と解釈する注釈（註一二）もありますが、「蝶めづる姫君」が「ふつうの姫君」であるのなら、不運な境遇にあるのは「虫めづる姫君」に仕える女房たちだけで、「ふつうの姫君」に仕える「ふつう」の女房たちが、選ばれた特別な環境にいるとは言えないからです。「蝶めづる姫君」に仕える女房たちの境遇も特殊だから、それを「いかなる人」かと推測することができるのです。

つまり、「蝶めづる姫君」は、個別的具象性を保有する人物として、設定されているのです。そして、「蝶めづる姫君」という表現によって個別的具象性を保有できるのは、それが「ふつうの姫君」ではなくて、「虫めづる姫君」と同じように、特異な人物だったからだと考えざるをえません。

話題の契機

ここからは、「かたはら」という言葉の用法のうえから導き出された、「蝶めづる姫君」は異常だ、という帰結を基に、それでは、この作品の冒頭部分をどのように読むべきか、ということを考えてみることにします。

「蝶めづる姫君」が特異な姫君なのだとしたら、何故、何の前提もなく、「蝶めづる姫君の、すみ給、かたはらに、……」という形で、作品が始まることができるのでしょうか。「蝶めづる姫君」が、どこに住んでいて、どのような行動を取り、どのような発言をする人物なのかの説明なしには、その「かたはら」と言われても、それにどのような意味があるのか、読者には諒解しがたいことが予想されます。けれども、この未知の人物に対して、何等解説が施されることはありません。あたかも、「蝶めづる姫君」が、読者に周知の人物であるかのような表現です。それが、「蝶めづる姫君」を「ふつうの姫君」と理解しようとする通説に、妥当性を感じさせることに繋がっているのかもしれません。そのような作品の始め方が可能だった理由を、考えてみる必要があるでしょう。

近代の小説ですが、こういう事例が、参考になるでしょうか。

先頃大殿様御一代中で、一番人目を駭《おどろ》かせた、地獄変の屛風の由来を申し上げましたから、今度は若殿様の御生涯で、たつた一度の不思議な出来事を御話し致さうかと存じて居ります。(註一二)

（芥川龍之介『邪宗門』一）

ここに引用したのは、作品の冒頭部分です。ここには、「先頃」「地獄変の屛風の由来を申し上げました」とは書かれていますが、この作品の中には、そのような箇所はありません。実際には、それに先立って発表された、同じ作家による『地獄変』という作品に書かれている内容が、それに当たると考えられます。

堀川の大殿様のやうな方は、これまでは固《もと》より、後の世には恐らく二人とはいらつしやいますまい。噂に聞きますと、あの方の御誕生になる前には、大威徳明王《だいゐとくみやうわう》の御姿が御母君の夢枕にお立ちになつたとか申す事でございますが、兎に角生れつきから、並々の人間とは御違ひになつてゐたやうでございます。でございますから、あの方の為《な》さいました事には、一つとして私どもの意表に出てゐないものはございません。（中略）

さやうな次第でございますから、大殿様御一代の間には、後々までも語り草になりますやうな事が、随分沢山にございました。（中略）――一々数へ立てて居りましては、とても際限がございません。が、その数多い御逸事の中でも、今では御家の重宝になつて居ります地獄変の屛風の由来程、恐ろしい話はございますまい。日頃は物に御騒ぎにならない大殿様でさへ、あの時ばかりは、流石に御驚きになつたやうでございました。まして御側に仕へてゐた私どもが、魂も消えるばかりに思つたのは、申し上げるまでもございません。(註一三)

（『地獄変』一）

これに続いて、画師の良秀が、「地獄変の屛風」を描いた経緯が語られています。つまり、『邪宗門』の冒頭に書かれていた「先頃」「申し上げ」たという表現は、『邪宗門』には書かれていない、それとは別の作品の存在が、前提となっているものなのです。『邪宗門』では、「地獄変の屛風の由来」が既に語られた話であること――それが周知のものであること――を前提として、「若殿様の御生涯で、たつた一度の不思議な出来事」の話が語り始められます。「大殿様」に纏わる「地獄変の屛風の由来」は、読者にとって既に「申し上げ」られている既知の物語なのですから、「若殿様」の事蹟を語るのに当たって、改めてそれを物語る必要がありません。

　もっとも、それは、『邪宗門』の冒頭が成立するために、『地獄変』の存在が不可欠だということではありません。『地獄変』を読んでいなければ『邪宗門』が理解できない、ということはないのです。『地獄変』を前提とする表現で始まっていても、それとは関係なく、『邪宗門』は、独立した作品として成立しています。『地獄変』を既に読んでいる読者なら、そこで語られていた「地獄変の屛風の由来」の話を思い浮かべることになりますが、読んでいなかったとしても——その内容を知らなかったとしても——、読者は、『邪宗門』の前に、まだ見ぬ物語があることを感じて、自分の知らない「地獄変の屛風の由来」に匹敵するような興味深い話がこれから始まるのだと、期待を膨らませることになるでしょう。これは読者を作品の世界に導入するための技法であって、仮に『地獄変』という作品が存在していなかったとしても、そのことは、『邪宗門』という作品の成立自体には、影響がありません。これから物語られる「若殿様」の物語の前に、別の物語の世界が拡がっていることが、示されているのです。

冒頭と末尾

虫愛づる姫君の冒頭に戻ります。

虫愛づる姫君という作品が、「蝶めづる姫君」を周知の人物であるかのように作品を始められる要因として、『邪宗門』に前提して『地獄変』が存在しているのと同じように、「虫めづる姫君」の物語に前提して、それとは別の「蝶めづる姫君」の物語が存在していたということを、想定してみようと思います。蝶を可愛がっている姫君の物語が先に存在して、それに引き続いて、虫を可愛がる姫君の物語が、展開するということです。

「蝶めづる」などというのは、王朝の姫君にとってあるまじき異常な行為で、そのような人物が登場する物語に対して、読者は大いに興味を惹かれたことでしょう。その「蝶めづる姫君」の物語がまず語られて、それに続いて、「虫めづる姫君」の物語が語られるのです。興味深い物語に続いて、これまた興味深い別の物語が始まるということです。

虫愛づる姫君という作品は、その「蝶めづる姫君」の物語が語り了えられた段階で、「虫めづる姫君」の物語が語られる形を取っています。「蝶めづる姫君」の物語は、読者が既に受容しているものなのですから、「虫めづる姫君」の物語を語り始める前に、その周知の人物について、改めて説明する必要がありません。

もちろん、「蝶めづる姫君」の物語などというものは、少なくとも現在の時点で存在してはいません。虫愛づる姫君が成立した当時においても、恐らくなかったと考えた方が妥当でしょう。けれども、「蝶めづる姫君」の物語が、事実として存在していたか否かは、問題ではありません。先ほどあげた、『邪宗門』の読者が『地獄変』を読んでいるかどうかには関わりがなく、『邪宗門』の冒頭表現が成り立つのと同じです。『地獄変』という作品は、確実に存在していますけれども、仮に存在していなかったとしても、『邪宗門』の読解のうえで支障がないことは、先に述べたとおりです。

『地獄変』という作品が実際に存在していることは、『邪宗門』の作品の中で保証されているわけではなく、現実に物理的に存在していることが判っているのに過ぎません。その意味で、「虫めづる姫君」の物語から見た「蝶めづる姫君」の物語と、違いはないのです。これは、存在しない（かもしれない）物語を、あたかも周知の物語であるかのように装うことによって、読者を、これから物語ろうとしている「虫めづる姫君」の物語に引き込むための技法だと言えます。実際には、文字として目の前にあるわけではありませんけれども、あたかもそこに存在しているかのような体裁を取っているのです。

このような技法は、虫愛づる姫君の作品構成と、密接な関連があったと推測されます。作品の末尾は、次の一文で終わります。

二の巻に、あるべし。

後続の巻に、この物語の続きが語られているということですが、実際には、「蝶めづる姫君」の物語が存在していないのと同じく、「二の巻」は存在していません。もともとは存在していた「二の巻」が散逸してしまったという可能性が、ないとは言い切れませんけれども、作品の成立当初からそのようなものはなかったと考える方が、妥当でしょう。「古典的に見せようとする作者の意図(註一四)」とか、「この物語が猶続く様に見せかけて読者の興味を唆かす作者の叙述上の技巧(註一五)」などとするのが、一般的な見解だと思われます。また、「読者の評価しだいで書き続けるつもりもあったかもしれない(註一六)。」とか、「読者に続篇を考えさせる、より積極的な波及効果を読み取るべきか(註一七)。」とする説もあります。いずれにしても、虫愛づる姫君には、もともと「二の巻」はなかった、という理解です。

なお、「古典的」云々というのは、源氏物語以前の古い物語に、同じような表現があることを指しています。たとえば、次のようなものです。

二の巻にぞ、こと〲もあべかめるとぞ、ある(註一八)。（落窪物語、第一）

過去に成立した物語に、同じような末尾を持つ作品があるわけですが、落窪物語には実際に「二の巻」が存在していますから、それを誘導する表現があるのは自然です。それに対して、虫愛づる姫君には「二の巻」はありません。ですから、「二の巻」を誘導するような末尾の表現が「技巧」だとするのが適当だと言えるでしょうが、では、「二の巻」があるように装うことには、どのような意味があるのでしょうか。

文章構成のうえから言うと、この作品は、冒頭の一文と末尾の一文が、どちらも物語られる作品世界――「虫めづる姫君」の物語――に対する挿入段落として、構成されています。(註一九)つまり、作品世界の前後の挿入段落で、作品世界を挟み込む構成であると言えるでしょう。そのような構成を採用することによって、一篇の短篇物語としての自立性・独立性を確保すると同時に、作品外の世界の拡がりを、読者に思い起こさせることになります。

再び、芥川龍之介の小説を例に取ります。

宇治大納言隆国「成程之は面妖《めんえう》な話ぢや。昔はあの猿沢池《さるさはのいけ》にも、龍が棲んで居つたと見えるな。何、昔もゐたかどうか分らぬ。いや、昔は棲んで居つたに相違あるまい。昔は天《あめ》が下の人間も皆心《しん》から水底《みなそこ》には龍が住むと思うて居った。さすれば龍もおのづから天地《あめつち》の間に飛行《ひぎやう》して、神の如く折々は不思議な姿を現した筈ぢや。が、予に談議を致させるよりは、その方どもの話を聞かせてくれい。次は行脚《あんぎや》の法師の番ぢやな。

「何、その方の物語は、池の尾の禅智内供《ぜんちないぐ》とか申す鼻の長い法師の事ぢや？　これは又鼻蔵の後だけに、一段と面白からう。では早速話してくれい。(註二〇)——」(『龍』三)

この『龍』という作品は、「宇治大納言隆国」が、「往来のものども」に「今は昔の物語を一つづつ聞かせて貰」って、それを「双紙に編」もうとする、という体裁を取っています。その最初の話として、猿沢池から龍が昇る話が語られることになるのですが、ここに引用したのは、その作品の末尾の部分です。「行脚の法師」によって語られることになる「池の尾の禅智内供とか申す鼻の長い法師の事」は、この作品の中では語られておらず、『龍』とは別の、『鼻』という作品に書かれている内容に当たります。『龍』の中では、「禅智内供」の話は、その存在が予告されるだけです。

その後、読者が『鼻』を読むことがなかったとしても、『龍』という作品自体は、それだけで自立して成り立っています。また、『龍』を読んでいなかったとしても、『鼻』という作品が成り立たないわけでもありません。さらに言えば、先ほど取り上げた『地獄変』や『邪宗門』も、この一連の「今は昔の物語」の一つだという建て付けになっていると看做すこともできるでしょう。

ここで建て付けと言ったのは、それぞれの作品が、緊密な連携を持った統合体として構成されているのではなくて、そう読むこともできるし、完全に独立したものとして読むこともできるような緩い関係としての構想を持っている、という意味です。

虫愛づる姫君の末尾、「二の巻に、あるべし。」という表現も、これと同じようなものだと考えることができるでしょう。「虫めづる姫君」の物語が語られて、それは一旦完結するのですが、それにはまだ後日譚があって、それが引き続き語られる、という建て付けです。「二の巻」が存在していなかったとしても、「虫めづる姫君」の物語自体は、完結して、終結します。

平安時代の物語文学、特に源氏物語のような長篇の物語を享受するうえでは、作品全巻を通読することが、容易に行なうことができたわけではなく、入手することができた個々の巻を個別に鑑賞することが、けっして珍しいことではなかったと言われています。更級日記にも、源氏物語の一部の巻だけを入手して、それ以外の巻を探し求めることがあったことが、記されています。

かくのみ思くんじたるを、心もなぐさめむと、心ぐるしがりて、母、物がたりなどもとめて見せ給に、げに、をのづからなぐさみゆく。紫のゆかりを見て、つゞきの見まほしくおぼゆれど、人かたらひなども、え、せず。たれもいまだ都なれぬほどにて、え、見つけず。いみじく心もとなく、ゆかしくおぼゆるまゝに、「この源氏の物語、一の巻よりして、みな、見せ給へ。」と、心の内にいのる。(註二二)

この場合には、作者や周囲の人たちが、上総の国から京都に戻ってまだ間がないという制約があったわけですが、それにしても、そういうことが実際にあった、ということです。

そのため、源氏物語の各帖は、長篇物語の中の一巻ではありながらも、「独立した短篇のように享受される傾向(註二三)」があったと言います。そこで、たとえば、巻の冒頭が、

故権大納言の、はかなく亡せ給にしかなしさを、飽かずくちおしき物に恋ひしのび給人、多かり。　(横笛)

と始まる巻を入手した読者は、それ以前にどのような経緯があったのか、ゆかしく思ふのでしょうし、

「くれなゐの　花ぞあやなく　うとまるゝ　梅の立枝は　なつかしけれど

いでや。」と、あいなくうちうめかれ給ふ。かゝる人〴〵の末ずゑ、いかなりけむ。

（末摘花）

と擱筆する巻を入手した読者は、続篇の成り行きについて、想像を膨らませることになるわけです。

虫愛づる姫君は、冒頭の一文と末尾の一文とによって、作品に描かれている「虫めづる姫君」の物語の世界のほかに、作品外の世界が存在することを、示しています。作品の冒頭で、作品外の世界が存在することを暗示して、末尾において、作品外の世界が存在することを、明示するのです。このような作品に接した読者は、目の前にある作品に書かれているもの以外の、未知の物語の世界の拡がりを、空想することになります。その一が、作品以前の「蝶めづる姫君」の物語であり、二が、「二の巻」に描かれる作品以後の物語です。それらが実際に存在してい

るか否かとは関係なく、そういった作品外の世界に囲まれることによって、この作品が、成立しているのです。

「蝶めづる姫君」の物語も、「二の巻」も、ありもしない架空の物語なのかもしれません。だとしても、それらをあたかも実在する物語であるかのように語ることによって、作品の外に拡がる物語の世界を読者に想像させることになっていると言えるでしょう。

存在しない（かもしれない）「蝶めづる姫君」の物語に誘導されて始まり、存在しない（かもしれない）「二の巻」を誘導して終わる。——そういった構成を保有するのが、虫愛づる姫君という作品だったのです。

註一　大槻修「堤中納言物語」（『堤中納言物語・とりかへばや物語』岩波書店／新日本古典文学大系二六、岩波書店、一九九二年三月）。

註二　山岸徳平『堤中納言物語全註解』（有精堂出版、一九六二年一一月）。

註三　鈴木一雄『堤中納言物語要解』（有精堂出版／文法解明叢書、一九五五年三月）。

註四　三谷栄一「堤中納言物語」（三谷栄一・今井源衛編『堤中納言物語・とりかへばや物語』角川書店／鑑賞日本古典文学第一二巻、一九七六年一二月）。

註五　塚原鉄雄『堤中納言物語』（新潮社／新潮日本古典集成、一九八三年一月）。

註六　校訂本文には「めづる」とありますが、底本の高松宮家本では「みつる」となっています。ここでは池田利夫編『高松宮本　堤中納言物語　国立歴史民俗博物館蔵』（笠間書院／笠間文庫〇五〈影印シリーズ〉、二〇〇七年一月）によって底本のとおりに引用しますけれども、本章の論旨のうえで、この相違による有意的な差異は発生していないと看做しておきます。また、続く和歌も、底本のまま引用しました。

註七　下鳥朝代「虫めづる姫君の生活と意見―『堤中納言物語』「虫めづる姫君」をよむ―」（狭衣物語研究会編『狭衣物語が拓く言語文化の世界』翰林書房、二〇〇八年一〇月）。

註八　保科恵「更級日記の解釈私考―古典文章の構文把握の検討資料として―」（『二松』第一〇集、二松学舎大学大学院文学研究科、一九九六年三月）。

註九　大井容子「「蝶めづる姫君」について―「堤中納言物語」成立論のための序説―」（『実践国文学』第五〇号、実践国文学会、一九九六年一〇月）。ただしこの説では、姫君の「蝶めづる」行為が描かれることが、作品の成立時期に起因する可能性を留保しています。

註一〇　源氏物語の本文の引用は、柳井滋・室伏信助・大朝雄二・鈴木日出男・藤井貞和・今西祐一郎『源氏物語』一～五（岩波書店／新日本古典文学大系一九～二三、一九九三年一月～一九九七年三月）により、巻数―頁数を併記しました。

註一一　稲賀敬二「堤中納言物語」（『落窪物語・堤中納言物語』小学館／新編日本古典文学全集一七、二〇〇〇年九月）。

註一二　芥川龍之介『芥川龍之介全集　第二巻』（岩波書店、一九五四年一一月）。

註一三　芥川龍之介『芥川龍之介全集　第二巻』（岩波書店、一九五四年一一月）。
註一四　久松潜一『校註堤中納言物語』（明治書院、一九二八年九月）。
註一五　土岐武治『堤中納言物語新釈』（学而堂、一九五四年六月）。
註一六　稲賀敬二「堤中納言物語」（『落窪物語・堤中納言物語』小学館／日本古典文学全集一〇、一九七二年八月）。
註一七　稲賀敬二「堤中納言物語」（『落窪物語・堤中納言物語』小学館／新編日本古典文学全集一七、二〇〇〇年九月）。
註一八　藤井貞和「落窪物語」（『落窪物語・住吉物語』岩波書店／新日本古典文学大系一八、一九八九年五月）。
註一九　保科恵『堤中納言物語の形成』（新典社／新典社研究叢書九六、一九九六年五月。第二部第三章「表現規定と構成論理」）。
註二〇　芥川龍之介『芥川龍之介全集　第三巻』（岩波書店、一九五四年一二月）。
註二一　吉岡曠「更級日記」（『土佐日記・蜻蛉日記・紫式部日記・更級日記』岩波書店／新日本古典文学大系二四、一九八九年一一月）。
註二二　鈴木一雄『堤中納言物語序説』（桜楓社、一九八〇年九月。Ⅱ『堤中納言物語』の作風とその成因をめぐって」）。

助動詞の表現と効果

——「せたまふ」の示す意味——

理由は、女の理由だけですの、さう存じますから、さう存じますのです。

——William Shakespeare

使役と尊敬

助動詞「す」「さす」（以下、原則として「す」で代表させ、また、終止形で記載します。）は、使役として使用されます。この助動詞「す」が、補助動詞「たまふ」に接続して「せたまふ」の形を取る時に、尊敬の意味を持つことがあります。解説の必要のない自明のことでしょうけれども、これは二重敬語と呼ばれる事象で、帝や后など、最上位の人物に使われるのが通例であることから、最高敬語とも呼ばれます。

もちろん、日本語の敬語には相対的な側面が多分にあって、話者（筆記者）の心情に敬語の有無が左右されることが少なくありませんから、帝や后以外の人物に、二重敬語が使用されることも、あるにはあります。そのために、個別の事例を解釈するうえで、表現を精査することのないまま、臣下に対する表現であっても、「せたまふ」が二重敬語と解釈される場合があります。逆に、帝や后に対して使用されてさえいれば、無条件で二重敬語だと短絡される事例もあるように見受けられます。けれども、「せたまふ」の形態であっても、本来的には「す」は使役で、貴人が誰かに行為をさせる表現なのですから、それが本当に二重敬語であるのかどうか、検討する必要があるはずです。

平安王朝の貴族は、自身の行為を自分では行なわずに他者を使役することを常とします。たとえば、伊勢物語の第二三段に、大和の国にいる元からの妻と、河内の国に出来た新しい妻とがいる男性の逸話がありますけれども、そこには、男性が、河内の妻が自ら給仕をするのを見て幻滅する場面があります。その河内の妻の行為が、男性が大和の妻の許に戻る決定的な原因になるのです。

まれ〳〵、かの高安に来て、見れば、はじめこそ、心にくもつくりけれ、今はうちとけて、手づからいゐがひとりて、笥子のうつわ物に盛りけるを見て、心うがりて、いかずなりにけり。(註二)

この段に登場する男性は、高貴な人物としては描かれていません。ですから、河内の妻も、特別に身分が高いわけではないでしょう。それでも、男性からすれば、河内の妻の行為は、「心うが」るに十分な、極めて不適切な行為だったということです。現代的な感覚であれば、自分が食べる食事を自ら給仕することは、卑しい行為ではまったくありませんけれども、平安貴族の感覚では、さほど上流の貴族でなかったとしても、それは自分自身で執り行なうべきことではない、嗜みのない行為だという認識だったのです。

最上級の貴族や皇族であればなおさら、実際に自らの手で行なう行為はさらに少なくなります。多くの動作が使役として行なわれることから、使役の表現が、尊敬の表現に、多く前置することになります。「書かせたまふ」なら書かせるのですし、「着させたまふ」なら着させるのです。それらは、自分が書いたり着たりするのではなくて、実際に使役として他者に行為させる動作を表現するものなのですから、帝や后を主語とする文脈だからといって、「せたまふ」を安易に二重敬語であると断定することは、適切ではありません。貴人への敬意を表わしているのは「たまふ」であって、「す」はあくまでも、他者を使役することを表現しているからです。

次に引用するのは、明らかに使役として使用されている事例と看做して良いでしょう。

「いと心やすくなり侍ぬ。今は、歌の事、思ひかけじ。」など、いひてある比、庚申せさせ給とて、内の大殿、いみじう心まうけさせ給へり。夜、打ふくる程に、題出して、女房も、歌、よませ給(註二)。

（枕草子、五月の御精進のほど）

傍線を付した「よませ給」は、定子中宮が女房たちに歌を詠ませる場面であって、中宮自身が歌を詠む行為の表現ではありません。また、当然ですが、歌を詠んだ女房たちに対する二重敬語だとも考えられません。これは、中宮が、女房たちに歌を「よませ」ているのです。「せたまふ」は、本来的にこのような使役の表現なのですけれども、対象の人物が高貴であればあるだけ、他者を使役することが増えて行って、ほとんどの行為が使役で表現されることになりますから、「す」から実質的な使役の意味が失われて行きます。そこに、尊敬の意味が派生する要因があるわけです。

以下に示すのは、明らかな二重敬語の例であると言って良いでしょう。

雪の、いとたかう降たるを、例ならず御格子まいりて、炭櫃に、火、をこして、物語りなどして、あつまりさぶらふに、「少納言よ、香炉峰の雪、いかならん。」と、仰せらるれば、御格子あげさせて、御簾をたかくあげたれば、笑はせ給。

（枕草子、雪のいとたかう降たるを）

「笑はせ給」は、中宮がその場にいた女房などを笑わせた、という表現ではありません。笑ったのは中宮自身だと考えるべき文脈ですから、「す」も「たまふ」も、中宮に対する尊敬の表現だと、理解すべきものです。

このように、「せたまふ」の「す」には、使役の場合も尊敬の場合もあるわけですが、それが使役でも尊敬でも、「たまふ」で敬意を示しているのだからどちらであっても大差はないと認識されるからか、厳密に考慮されないままで二重敬語と即断されることが、少なからずあるように見受けられます。

たしかに、「す」が使役の表現だったとしても、貴人の意志で、貴人の意図するところを行なわせているわけですから、貴人自身が行なうのと、結果として大差ないと言えなくはないのかもしれません。使役と取っても尊敬と取っても、有効な差異がないと感じられることも少なくないのでしょう。それで、厳密に使役なのか尊敬なのかを判別する必要性がないと感じられる場合もあるのかもしれませんけれども、自ら行為しないこと――使役していることに、意味がある可能性もあるのですから、使役の意味が残っているのであれば、尊敬として理解しても成り立ちえそうな文脈に使用されていたとしても、本来の使役としての解釈を行なうべきだと考えます。先に例として示した「書かせたまふ」であれば、その敬意の対象が帝であったとしても、「す」は他者に書かせる行為を表現したものと理解すべきだということです。

虫好な姫君

次のような事例を見る時、助動詞「す」を使役と取るか尊敬と取るかによって、文脈の解釈が、大きく違って来る場合があることが判ります。

堤中納言物語の虫愛づる姫君に、こういう場面があります。

「かは虫は、毛などはをかしげなれど、おぼえねば、さうぐし。」とて、いぼじり、かたつぶりなどをとり集て、歌ひのゝしらせて、聞かせ給て、われも声をうちあげて、

「かたつぶりのつのの　あらそふやなぞ」

と、いふことを、うち誦じ給。(註三)

虫を可愛がっている姫君が、「いぼじり」（カマキリ）や「かたつぶり」（カタツムリ）の詠まれている詩歌を、召し使っている男の童に歌わせて、さらに自分でも声をあげて一緒に歌っているのです。

傍線を付した「歌ひのゝしらせて、聞かせ給て、」には、助動詞「す」が二箇所出現します。

二つめの「歌ひのゝしらせて、」の「す」は、姫君が、召し使っている童たちに詩歌を大声で歌わせるところですから、使役であることは疑いを容れません。問題となるのは、二つめの「聞かせ給て、」の「す」です。

諸注では、この助動詞「す」を尊敬として解釈する――「せたまふ」を二重敬語とする――ものが大半であるように見受けられます。もっとも、それがあまりにも当然の解釈だと判断しているからか、注釈として特記されることは稀有で、現代語訳からそれと判断するほかない場合がほとんどなのですけれども、童たちに歌わせた詩歌を聞く姫君に対する表現だという理解です。

蟷螂、蝸牛などを取り集め、童たちに、歌って大声を出させて騒がせ、それを（姫君は）お聞きなされた。そうして、自分も声を大きくはりあげて、(註四)

かまきり、かたつむりなどを取り集めて、これに関する詩歌を大声で歌わせてお聞きになり、姫君も男そこのけの声張りあげて、(註五)

　かまきりやかたつむりを採集させ、大声で歌を歌わせてお聞きになり、ご自身も声を張りあげて、(註六)

「お聞きなされた。」とか「お聞きになり、」というのがそれに当たります。「せたまふ」を二重敬語と理解することに対する根拠が、特段に示されているものはないようですけれども、使役と判断するには、当然のことながら「聞かせ」る相手が必要で、この場面に登場する人物にはその相手を見出しがたいように思われますから、消去法的な選択として、尊敬と判断しているのでしょう。

　姫君は、按察使の大納言の女で、上流の貴族ではありますけれども、最上級というわけでもありません。もちろん、既に述べたとおり、敬語を使ううえでは、相対的な判断が働く場合があるのですから、この姫君に対して二重敬語を使用する可能性は、完全には否定することはできません。とは言え、この作品の作者の姫君に対する姿勢は、批判的であるとまでは言えないにしても、少なくとも好意的な視点を持っているとは感じ取れません。姫君には、将来后になる可能性があるのだとも言われていますけれども、(註七)この物語の時点において、そこまでの敬意を以て遇する対象と看做すのは、困難でしょう。したがって、姫君に対して二重敬語を用いていると判断する積極的な根拠は見出せません。

そのため、二重敬語と解しつつも、疑念を示している注釈もあります。

大きな声で歌わせてお聞きあそばして。「聞かせ給ふ」の「せ給ふ」を姫に対する二重敬語と解いたが、ここだけ特に二重敬語であるのは疑わしい。なお考えたい。（註八）

一方で、「す」を使役と理解する見解も、ないわけではありません。

蟷螂・蝸虫などを取り集めて、〔童べに〕歌ひののしらせて〔姫君自身に〕聞かせたまひて、われも声をうちあげて、（註九）

これも、本文の側注に「姫君自身に」と使役の対象を明示していることからそれと知られるだけで、確実な根拠が示されているわけではありません。けれども、「す」の本義が使役なのですから、尊敬と看做す積極的な根拠がない限り、使役と理解すべきとする判断かと推測されます。そして、この場面の登場人物には、使役されうる人物は姫君しかいないように見えますから、一理あるとも言えそうです。強いて言えば、その場には姫君の飼っている虫もいると言えるとしても、虫に聞かせる理由は見出せませんから、姫君自身とするのが穏当だと言えそうではあります。

以上のように、「す」を尊敬と理解する説と、使役と理解する説とがあるわけですけれども、これらの解釈に対しては、「歌ひのゝしらせて、」の一句が、問題となりえます。使役とする見解でも、尊敬とする見解でも、「歌ひのゝしらせ」た詩歌を聞くのは姫君です。姫君自身が聞くために、童たちに歌わせているということになるのですが、そのために、「のゝしらせ」た理由が、明確ではないからです。

姫君は、童たちの目の前にいるのです。その姫君が、童たちに「のゝしらせ」る——大声を出させる——必要が、あったのでしょうか。さらに、姫君は、自身も「声をうちあげて、」童たちと一緒に詩歌を歌っています。童たちに歌わせたのが、それを姫君が聞くためだったとしたら、「のゝしらせ」ることの意味は、ほとんどありません。せいぜい、大声の方が楽しいから、という程度の、感覚的で論証不能な理由しか、思い浮かべることができないでしょう。それが、絶対に正解でないとは言えないかもしれませんけれども、「のゝしらせ」たことには何か、もっと有意義な理由があるのではないでしょうか。

先にあげたもののほかにも、「す」を使役と解釈する注釈があります。そこでは、姫君以外の人物を「聞かせ」る対象としています。

かまきり・かたつぶりなどをとり集めて、それに関した詩歌などを大きな声でうたわせて侍女たちにもお聞かせになり、自分も声をはりあげて、

【聞かせ給ひて】(註一〇)この「せ」も使役。「せ給ふ」を敬語と見ると、姫君を待遇しすぎることにもなる。

先ほどの説との大きな違いは、詩歌を「聞かせ」る相手を、「侍女たち」としている点です。姫君が、自身に仕えている女房たちに聞かせるために、童たちに大声で歌わせているということです。ここでは、二重敬語ではないという以上の根拠は示されていませんから、その当否を判断することができません。女房たちに聞かせる理由と、童たちに大声で歌わせる理由があるのでしょうか。

それは、女房たちの、姫君に対する――姫君の飼っている虫に対する、と言っても良いでしょうけれども――姿勢に、関係があるようです。

若き人〲は、をぢまどひければ、男のわらはの、物をぢせず、いふかひなきを、召しよせては、この虫どもをとらせ、名をとひ聞き、いまあたらしきには、名をつけて、興じ給。

本来であれば、姫君の世話一切を執り行なうのは、女性である女房たちの役目ですけれども、平安貴族社会の女性としては、虫に対して「をぢまど」うのが当然の反応です。姫君の世話をするのは女房たちにとって当然のことだとしても、姫君の飼っている虫までをその対象にすることは、不可能です。姫君のために虫を摑まえる役割を、女房たちに期待することができないのですから、姫君は、「男のわらは」を召し使って、虫を摑まえさせて、飼っているのです。ところで、姫君は、ただ単に、虫を可愛がっているわけではありません。虫を可愛がっているのには、相応の理屈があります。

この姫君の、の給事、「人々の、花、蝶やとめづるこそ、はかなくあやしけれ。人は、まことあり。本地、たづねたるこそ、心ばへ、をかしけれ。」とて、よろづの虫の、おそろしげなるを、とりあつめて、「これが、ならんさまを、みむ。」とて、さま〲なるこばこどもに、いれさせ給、……

「くるしからず。よろづの事どもをたづねて、末をみればこそ、ことは、ゆへあれ、いとおさなきことなり。かは虫の、蝶とはなるなり。そのさまのなりいづるを、とりいでて、」みせ給へり。(註一一)

姫君は、虫を見た目で可愛がっているのではなくて、仏教思想的な見地から、自身の態度の正当性を、主張しています。ただ虫が好きで飼っているのではなく、それが正しい行動であるという信念に基づいて、それを行なっているのです。けれども、女房たちは、その姫君の考えを理解せずに、虫を見た目だけでしか判断しようとしません。そこで、姫君は、虫が正統的な教養である漢詩などにも詠み込まれる正統的な存在であり、その虫を可愛がる自身の行為が正しいものであるということを、女房たちに教えようとしているのだとする理解(註一二)に従うべきでしょう。つまり、「す」は使役です。

けれども、いくら詩歌を歌ったとしても、虫を怖がって近くに寄って来ない女房たちの耳には、通常の声量では届きません。それで、離れた場所にいる彼女たちに聞かせるためには、童たちに「歌ひのゝしらせ」たり、自身が「声をうちあげ」たりする必要があったのです。

「聞かせ給て、」の「す」を尊敬と解釈すれば、姫君は、好きな虫を可愛がっている変わり者だというだけのことになり、使役と理解すれば、確乎たる信念を以て虫を飼育し観察している人物だということになります。前者であれば、この場面が風変わりな姫君の一挿話となり、後者であれば、一貫した理念を基に行動する展開の一部となるのです。つまり、「せたまふ」の解釈によって、姫君の人物像が大きく変わるのです。一二三ページに引用した現代語訳にある「男そこのけの声張りあげて、」には、姫君の行動の異質さを感じさせる意図があるようにも感じられますが、これが本当にそういう表現なのか、吟味が必要です。

使役でも尊敬でも、解釈がさほど大きくは変わらない場合もあるでしょうけれども、この例のように、そこから登場人物の心情を読み取れることもあります。のみならず、作品の理解を大きく左右してしまうことすら、ありうるのです。そういう表現の把握を疎かにすることによって、作者が折角用意してくれている読解のヒントを見逃すことにもなりかねません。

こういう事例を見ると、一見したところでは、使役に取る理由がなさそうだから、というような理由で安易に二重敬語と解釈してしまうことで、作品の本文に含まれている機微を、味わえなくなってしまう場合があることが判ります。使役なのか尊敬なのか、が答えなのではなくて、その結果読み取れることまで考慮する必要がある、ということです。

そういった観点から、通例では二重敬語と解釈されて異論のなさそうなものをいくつか取り上げて、検討して行きます。

高山の諮問

竹取物語で、かぐや姫が、「月の都の人」の迎えで天に帰る場面があります。それに際して、かぐや姫は帝に不死の薬を贈りますが、帝は、かぐや姫のいないこの世に、永遠の生命を得ても価値はないと、それを燃やそうと考えるのです。そこで、高い山がどれであるのか、諮問します。

大臣・上達部を召して、「いづれの山か、天に近き。」と、問はせたまふに、ある人、奏す、
「駿河の国にあるなる山なむ、この都も近く、天も近く侍る。」と、奏す。[註一三]

天に帰ってしまったかぐや姫に、薬を直接手渡すことはできませんから、燃やして煙にして返すということなのでしょう。それを行なうのに適した場所として、「天に近」い山という条件を課したわけです。

いくつかの注釈書を見てみても、引用した文の中にある「問はせたまふ」は、帝に対する二重敬語と理解されて、異論はないようです。あまりにも当たり前過ぎるということか、注釈として明記されているものは見当たりませんので、現代語訳を列挙します。

そして大臣や上達部をお召しになつて、「どの山が一番天に近いか」とお尋ね遊ばすと、ある人が申し上げるに、「駿河の国にあるといふ山が、この都にも近く、天にも近うございます」と申し上げる。[註一四]

大臣や上達部をお呼び寄せになって、「どの山が（一番）天に近いか」とおたずねなさいますと、（大臣・上達部の中で）或る人が奏上する、「駿河の国にあると聞く山が、この都も近いし、天も近うございます」と奏上する。[註一五]

大臣や上達部を召して、「どの山が天に近いか」と帝がお尋ねになると、ある人が奏上する、「駿河の国にあるといわれる山が、この都にも近く、天にも近うございます」と奏上する。[註一六]

帝が、「天に近」い高い山を知るために大臣・上達部を招集したのですから、それらの人びとに尋ねたと考えることに、疑問はなさそうです。また、主語が帝なのですから、二重敬語が用いられたと理解する条件は満たしているとも言えます。ただ、それだけで、ここを二重敬語と考えてしまって良いのでしょうか。帝が本当に大臣・上達部に尋ねたのかどうか、検討する必要があるでしょう。

帝が大臣・上達部を尋ねる相手として選んだのだとしたら、尋ねられた彼らに、諸国の高い山についての知見があることが必須です。けれども、それが本当にあったのでしょうか。また、大臣・上達部の中の一人を「ある人」と呼ぶことが、果たして妥当であるのかどうか、疑義を差し挟む余地があると思います。

後者の疑義については、この物語中に類似の事例がないので保留することにしますが、前者について、どの山が不死の薬を燃やすのに相応しい「天に近」い山なのかを知りたかった帝にとって、その目的を果たすのに、大臣・上達部のみの知見に期待することは、適切だったのでしょうか。

平安初期の貴族たちが、富士山に対する知識を持っていたことには、ほぼ確実な証拠があります。次に示すのは、都良香という漢学者が書いた、富士山についての記述です。

富士山者。在駿河国。峯如削成。直聳属天。其高不可測。歴覧史籍所記。未有高於此山者也。其聳峯欝起。見在天際。臨瞰海中。(註一七)（富士山記、巻第十二・記）

「其の高さ測る可からず。」「未だ此の山より高きは有らざる也。」「見るに天際に在り。」など、富士山の格段の高さについて記されています。ほかの作品でも、伊勢物語（第九段）に、「比叡の山を二十ばかり重ねあげたらんほど」などと、その高さを殊更に強調するような描写がありますし、平安貴族が富士山についての知識を持っていたことが窺われます。ですから、当時の大臣・上達部にも、当然その認識はあったでしょう。

けれども、竹取物語に描かれているのは、当代とは隔絶した「今は昔」の世界の出来事です。その世界では、富士山は都の人びとに知られた存在ではなく、まだ名前すらない、遙か遠方の「駿河の国にあるなる」未知の山岳に過ぎなかったのです。大臣・上達部に尋ねたとしても、その山に対する知識が確実にあったとは考えにくいですし、帝にも、大臣・上達部の知識に期待すれば十分だという確信があったとも思われません。

それに、同じ都に生活する帝と大臣・上達部との間に、大きな知識の差があったとは考えにくいですから、大臣・上達部が確実に知っている程度の知識であれば、帝自身も同程度のものを持っていた可能性が高いでしょう。だとすれば、薬を燃やすのに相応しい高い山について、わざわざ、「大臣・上達部を召して、」「問はせたまふ」ことには、大臣・上達部の意見を尋ねる以外に、何か別の意味があったと考えるべきなのではないでしょうか。

帝は、かぐや姫を月の都の人から守るために、「六衛の官、合はせて、二千人の人」を動員して、「空ける隙もなく守ら」せたほど、かぐや姫に対して強い想いを持っていたのです。その帝が、かぐや姫に薬を返却するための「天に近」い山を知ろうとするに当たって、自分たちの知識の範囲内での高い山であることで満足するつもりは、なかったでしょう。真に「天に近」い山についての確かな情報を得るために、取りうる限りの手段を取ろうとしたことは、想像に難くありません。

そこで、衆知を結集して、それを知ろうとしたのではないでしょうか。だとすれば、大臣・上達部のみに尋ねたのではなく、大臣・上達部をして、知見を持った者に広く尋ねさせたとするのが適当でしょう。つまり、大臣・上達部に、「天に近」い山がどこであるかを尋ねさせた、そして、その尋ねられた人びとの中に、国中の山に対する知見を持っていた「ある人」がいて、その人物が、駿河の国にある山——後に富士山と名付けられる——を、「天に近」い山として答申した、と理解すべき文脈なのではないでしょうか。

帝が大臣・上達部を招集したのは、身近にいる彼らの知見を問おうとしてのことではなくて、高い山を知るために衆知を結集する、そのための前提だったのでしょう。「聞かせたまふ」は、帝が、かぐや姫に確実に不死の薬を返すことのできる「天に近」い山を知るために最善を尽くしたことの現われだということです。助動詞「す」によって、帝のかぐや姫に対する思いの強さが、表現されていると言えるでしょう。

高麗の相人

源氏物語の桐壺巻で、帝と桐壺更衣との間に生まれた皇子（後の光源氏）が七歳になって、その将来の処遇をどうするか、帝は熟慮します。その一環として、折しも来日していた高麗の使節に同行していた相人に占わせるために、その宿泊先である鴻臚館に皇子を赴かせる場面があります。その際、帝の意向で、皇子としてではなく、右大弁の子息として相人と対面することになりました。

対面の終盤で、皇子と相人との間で、漢詩の応答や、贈り物の贈答が行なわれる場面があります。

文など、作りかはして、けふ明日帰り去りなんとするに、かくありがたき人に対面したるよろこび、かへりては悲しかるべき心ばへ、をもしろく作りたるに、御子もいとあはれなる句を作りたまへるを、限りなうめでたてまつりて、いみじき送り物どもをさゝげたてまつる。おほやけよりも、多くの物、たまはす。をのづからことひろごりて、漏らさせたまはねど、春宮の祖父おとゞなど、「いかなることにか。」と、おぼし疑ひてなん、有ける。(註一八)

「春宮の祖父おとゞ」とは、東宮となった第一皇子の祖父の右大臣です。その右大臣が、高麗の相人の予言――どこまでその詳細が伝わっていたかは明確ではありませんけれども――を聞いて、不審の念を抱いているのです。

皇子の将来は、ただ皇子一人に止まらない、周囲にも大きな影響のある微妙な問題を孕んでいます。皇子の生母である故桐壺更衣は、生前、帝から格段に寵愛を受けていました。それで、皇子が生まれた時、右大臣の女で、東宮候補と目される第一皇子の生母である「一の御子の女御」――弘徽殿女御――が、東宮の座がこの皇子に取って替わられてしまうのではないかと不安を覚えるような事態が、発生した過去がありました。

あるときには、大殿籠り過して、やがてさぶらはせたまひなど、あながちに御前さらずもてなさせ給ひし程に、をのづからかろき方にも見えしを、この御子、生まれ給て後は、いと心ことに思ほしをきてたれば、「坊にもようせずは、この御子のゐたまふべきなめり。」と、一の御子の女御は、覚し疑へり。

それは、周りの女御や更衣たちとの軋轢を生じて、桐壺更衣の命を縮める結果となるほどの重大事だったのです。さらに、桐壺更衣腹の皇子が東宮になるようなことになれば、右大臣が政治の中核から外れる可能性もあるのですから、それは、単に女性として帝の寵愛を競っているという次元の話ではありませんでした。その後、第一皇子が東宮に決定して、右大臣家としては一息ついた状況にあったとは言え、帝の皇子への溺愛ぶりを目の当たりにしていれば、完全に安心できる状態だと確信できるところまでは、至っていなかったでしょう。そういった状況の中、皇子と相人の対面は、行なわれたのです。

そのため、帝は、それが噂になることに、無神経でいることはできなかったはずです。そのことが、「漏らさせたまはねど、」という表現に現われているのでしょう。それで、右大臣家側に事態が知られてあらぬ波紋を生じないよう、配慮をしたということです。

この部分について、諸注には、以下のようにあります。この箇所についても、注釈として明記されているものはないようですので、現代語訳を示します。

自然、事が世の中に拡がって、——別に主上は口外あそばされないのですけれど——東宮の祖父の右大臣などは、「これは一体どういう事であろうか。」と疑念をお持ちになっていらっしゃいました。[註一九]

自然と噂がひろがって、（主上は）お漏らし遊ばさないのだが、東宮の祖父にあたる大臣は、「どういう（おつもりの）ことなのだろうか」と、疑いの心をお持ちであった。[註二〇]

しぜんと事は世間に知れわたって、帝はお漏しにはならないけれども、東宮の祖父大臣などは、これはいったいどういう子細なのかと疑念を抱いておられるのだった。[註二一]

どれも、「せたまふ」が二重敬語と理解されています。

たしかに、ここは帝に対する表現であって、二重敬語と看做すことに、特段の支障はないようにも思われますけれども、これについても、使役と解釈する余地がないのか、検討しておくことにします。

ところで、皇子を見た相人が予言した内容は、以下のようなものでした。

「国の祖と成て、帝王の上なき位に上るべき相、をはします人の、そなたにて見れば、乱れ憂ふることや、あらむ。おほやけのかためと成て、天下をたすくる方にて見れば、又、その相、たがふべし。」と、言。

この相人の予言、「国の祖と成て、帝王の上なき位に上るべき相、をはします」などということが噂に上ったりすれば、元々なかったわけではない右大臣家側の不安を再燃させかねないものがあります。仮に、予言の内容がそこまでのものではなかったとしても、相人に将来を占わせたこと自体、帝に対する疑心を生むに足ります。皇子を親王にはせず、臣籍に降下させる意向を固めつつあった帝としても、皇子の将来を思えば、ここで殊更に波風を立てるのは、避けるべきことであったでしょう。

そこで、帝は、皇子と相人との一件を、秘匿する必要があったのです。そのために、帝がそれを「漏らさ」ないのは当然だとしても、それだけで秘密を維持することができるものなのでしょうか。

本文として明示されてはいませんけれども、皇子を高麗の相人と対面させるのには、相応の準備が必須だったはずです。帝と皇子と右大弁との三者だけの行動で実現することではありません。

宮中から皇子一人が秘密裏に脱け出して、誰にも気づかれることなく右大弁一行に合流することが可能だったとは思われません。皇子が宮中から退出するのに、公式な許可も必要だったでしょう。皇子は、聡明であるとはいえまだ七歳の少年でしたし、そうでなくても皇子側の人物が誰一人同行しなかったということも、ありえません。万一そんなことがあったのだとしても、最小限の人数、宮廷側にも協力者がいなければなりません。少なくとも、皇子付きの女房や右大弁の家司など、少なからぬ人物が関わっているはずです。もっと細かいことまで並べ立てれば、皇子が徒歩で鴻臚館に向かったとは考えられませんから、皇子の乗る車を用意した者や、先追いの者、牛飼童に至るまで、相当の人数が関与していたと考えなければなりません。

さらに、右大弁家の家司にとっては、右大弁にそのような子息のないことは自明なのですから、それが様々な噂の種になりかねません。

つまり、皇子がどれだけ秘密裏に宮中から退出したとしても、そのことを、かなりの人数の人物が知ることになるのです。皇子の行き先や目的まで正確に知っていた者となれば、その中の一部に限られるのかもしれませんけれども、皇子が宮中から退出してどこかに行き、また戻って来たことだけでも、周囲の関心の的になりかねません。

また、対面が、相人と右大弁と皇子の三人だけで行なわれたはずもありません。相人側にも、皇子側にも、陪席者はいたでしょう。相人側の人びとまで制御することは、難しいかもしれませんけれども、皇子側の陪席者から漏れるようなことは、避けようとしたに違いありません。皇子に同行した右大弁にしても、高麗の相人との対面は高揚するような体験だったはずで、それを不用意に漏らされたりすることのないように釘を刺しておく必要も、あったかもしれません。相当強く秘匿しなければ、噂が拡がる恐れが、十分にあるのです。帝さえ黙秘していれば、秘密を維持できるという性質のものではないでしょう。

帝は、皇子を高麗の相人に会わせる前に、倭相にも皇子の将来を占わせています。(註二二) さらにその後にも、「すくようのかしこき道の人」に「勘へさせ」ているのです。皇子の将来を、軽々に決めてしまうのではなく、多くの見識ある人の意見を踏まえて、総合的に判断しようとしているのだと言えます。それだけの周到な配慮を、皇子の行く末に対してしているのです。その帝が、自分さえ黙っていれば、相人の予言の秘密を守ることができると安易に考えていたと考えるのは、妥当ではないでしょう。

政界の状況、皇子の行く末まで考えて、帝は皇子の鴻臚館行きを秘匿することにした、たとえ部分的にであっても、皇子の行動を知っている者から情報が漏れることのないように箝口させた、というのが、「漏らさせたまはねど、」の意味するところなのではないでしょうか。つまり、「す」は使役の表現です。

帝が相人に占わせたのは、皇子の将来について最善を期すためだったのですけれども、それがかえって皇子の立場の悪化を招いてしまうようなことのないよう、最大限の配慮をしていたことが、助動詞「す」に示されています。実際には、そこまでの配慮を以てしても、「ことひろごり」はしてしまうのですけれども、何の対策もせず漏れるべくして漏れたのと、細心の配慮をした結果、それでも漏れてしまったのとでは、大きな相違があります。

この助動詞「す」を使役として理解することで、帝の皇子に対する真情を看取することができるようになるのではないでしょうか。

貴顕の行為

最後に、一一九ページに引用した枕草子の用例について、付け加えておきます。その用例を、再度、引用します。

「いと心やすくなり侍ぬ。今は、歌の事、思ひかけじ。」など、いひてある比、庚申せさせ給とて、内の大殿、いみじう心まうけさせ給へり。夜、打ふくる程に、題出して、女房も、歌、よませ給。

先に引用した際には、「よませ給。」を明らかに使役として使用されていると述べましたが、この部分には、それ以外にも、「庚申せさせ給」「心まうけさせ給へり。」という表現がありま す。諸注によれば、これらはそれぞれ、「庚申待をなさいます」「肝煎りをなさいました」(註二三)とか、「庚申をあそばされる」「ご用意あそばしていらっしゃる」(註二四)とか解釈されて、前者が中宮定子に対する、後者が内大臣伊周に対する二重敬語だと看做されています。庚申待ちの主催者が中宮なのですから、中宮が「庚申」することに対する敬語表現、その庚申待ちに際して伊周が「心まうけ」することに対する敬語表現だということです。

中宮は、言うまでもなく后ですから、二重敬語が使用されると考えることに、まったく支障のない人物です。また、伊周は、臣下ではありますが、最上流の貴族であり、かつ、清少納言の伊周への思いには格別なものがありますから、帝や后に準じて二重敬語で遇される可能性は、十分にありうるでしょう。けれども、それを根拠にすべての「せたまふ」を二重敬語と看做すことはできません。二重敬語である可能性があるということが言えるのだとしても、それは、個別の「せたまふ」の「す」が使役である可能性を、排除できるものではないからです。したがって、使役であるか尊敬であるか、考慮する必要があります。

中宮は、庚申待ちの開催を主催・指示はするとしても、それ以上のことを自らの手で行なうとは考えられません。然るべき人物に出席を呼び掛けたり、当日必要な物品を用意したりする具体的な行為は、女房たち以下の役割でしょう。その指示を、中宮が出したのだと考えれば「庚申せさせ給」の「さす」は、使役だということになります。

「心まうけさせ給へり。」にしても同様で、伊周自身が当日使用する物品などを直接入手したりすることは、ないはずです。もし自らの手で準備をするのと他者に手配させるのとで、心遣いの軽重の差があると感じるのだとしたら、それは現代的な感覚に過ぎはしないでしょうか。

当時としては、心尽くしの品物を用意させることが、風流を知る貴顕貴族の果たすべき責務だったのではないかと思います。

いずれにしても、「せたまふ」を軽々に二重敬語と判断するのは、慎むべきです。使役としての解釈ができないかどうか、検討してみることが必要でしょう。

註一　大津有一・築島裕「伊勢物語」（『竹取物語・伊勢物語・大和物語』岩波書店／日本古典文学大系九、一九五七年一〇月）。
註二　渡辺実『枕草子』（岩波書店／新日本古典文学大系二五、一九九一年一月）。
註三　大槻修「堤中納言物語」（『堤中納言物語・とりかへばや物語』岩波書店／新日本古典文学大系二六、一九九二年三月）。
註四　山岸徳平『堤中納言物語全註解』（有精堂出版、一九六二年一一月）。
註五　稲賀敬二「堤中納言物語」（『落窪物語・堤中納言物語』小学館／新編日本古典文学全集一七、二〇〇〇年九月）。
註六　三角洋一『堤中納言物語　全訳注』（講談社／講談社学術文庫、一九八一年一〇月）。
註七　久下晴康『平安後期物語の研究　狭衣・浜松』（新典社／新典社研究叢書一〇、一九八四年一二月。第二章三「『狭衣物語』の影響―「物語取り」の方法から―」）。
註八　松尾聰『堤中納言物語全釈』（笠間書院、一九七一年一月）。

註九　塚原鉄雄『堤中納言物語』（新潮社／新潮日本古典集成、一九八三年一月）。
註一〇　佐伯梅友・藤森朋夫『堤中納言物語新釈』（明治書院、一九五六年四月）。
註一一　引用部分末尾の句読には、諸説あります。ここでは、保科恵『堤中納言物語の形成』（新典社／新典社研究叢書九六、一九九六年五月。第二部第三章「表現規定と構成論理」）で示した見解に基づいて句読を施しました。本書の「構文の認識を見直す」の章にも、同様の見解を示しています。
註一二　吉山裕樹「「虫めづる姫君」の一コマ―歌ひののしらせて聞かせたまひて―」（『河』第一八号、王朝文学の会、一九八五年六月）。
註一三　塚原鉄雄『新修竹取物語別記補訂』（新典社／新典社研究叢書二〇二、二〇〇九年八月。「作品句読」）。
註一四　三谷栄一『竹取物語評解』（有精堂出版、一九四八年五月）。
註一五　松尾聰『評註　竹取物語全釈』（武蔵野書院、一九六一年三月）。
註一六　片桐洋一「竹取物語」（『竹取物語・伊勢物語・大和物語・平中物語』小学館／新編日本古典文学全集一二、一九九四年一二月）。
註一七　小島憲之「本朝文粋〔抄〕」（『懐風藻・文華秀麗集・本朝文粋』岩波書店／日本古典文学大系六九、一九六四年五月）。
註一八　柳井滋・室伏信助・大朝雄二・鈴木日出男・藤井貞和・今西祐一郎『源氏物語　一』（岩波書店／新日本古典文学大系一九、一九九三年一月）。

註一九　松尾聰『全釋　源氏物語　巻一』（筑摩書房、一九五八年三月）。
註二〇　玉上琢彌『源氏物語評釈　第一巻』（角川書店、一九六四年一〇月）。
註二一　阿部秋生・秋山虔・今井源衛・鈴木日出男『源氏物語　一』（小学館／新編日本古典文学全集二〇、一九九四年三月）。
註二二　この章の論点とかならずしも関係があるとは言えませんが、玉上琢彌『源氏物語評釈　第一巻』（角川書店、一九六四年一〇月）には、「大和相を仰せて」とある本文に対して、帝自身が倭相を行なった、とする理解が示されています。高麗の相人と宿曜の賢人とに占わせたのに、倭相は帝自らが行なったというのは、釣合いが取れないのではないでしょうか。皇子のために各道の達人に占わせたと考える方が、穏当でしょう。帝が倭相の達人であった可能性を否定することはできませんけれども、その根拠を指摘することも、可能ではありません。
註二三　萩谷朴『枕草子　上』（新潮社／新潮日本古典集成、一九七七年四月）。
註二四　松尾聰・永井和子『枕草子』（小学館／新編日本古典文学全集一八、一九九七年一一月）。

表現を受容する方法

——古典文章の構文を考える——

第八の娘の、今まで結んでゐた唇が、此時始て開かれた。
„MON《モン》. VERRE《ヱエル》. N'EST《ネエ》. PAS《パア》. GRAND《グラン》. MAIS《メエ》. JE《ジユ》. BOIS《ボア》. DANS《ダン》. MON《モン》. VERRE《ヱエル》."
沈んだ、しかも鋭い声であつた。

——森林太郎

読解の前提

「順を追って読むこと」の章で、更級日記の一節の解釈について、通行の句読の理解の方法に問題があることを述べました。言葉は前から順を追って読んで行くことで理解ができるものだというのが大原則で、もしそれに反するような文があったとしたら、言葉の伝達に、著しい支障を来すことになります。通行の句読はその大原則に反するもので、作者が意図するところを、読者がそのままでは受容することができず、理解が迷走することを余儀なくされるのです。そのような読み方は、言葉のあり方として認めがたい、ということです。

そこで、国語の文は、前から順を追って読んで行くことのできるものだと仮説して、その仮説に則って更級日記の文を読んで行くとしたらどのように理解することができるのか、検討して行きます。

一〇ページに引用した、問題となる文を、改めて引用します。

昔よりよしなき物かたりうたのことをのみ心にしめてよるひる思てをこなひをせましかはいとかゝるゆめの世をはみすもやあらまし（註一）

これまで述べて来たとおり、〈心にしめて〉という本文は、文を前から順を追って読んで行く限り、「心にしめて、」としか読むことができません。もちろん、「しめて」と読みさえすれば、意味が通じなくても構わない、などということは断じてありえませんから、「しめて」と読んで、国語の文としてきちんと理解することができるのでなければ、「しめて」と読むことを、認めることはできません。先に掲げた仮説を維持するためには、「しめて」と読んで、この文に合理的な説明が付けられるのでなければなりません。

なお、一二ページに通説の句読を引用しましたが、それとは別に、「心にしめて」と読んで、そこで句が切れると考える説もあります。(註二)その注釈書でも、本文自体はほかのものと同じく「しめで」と読んでいるのですが、注記として、そういう読み方も可能だという提案がなされているのです。実際に本文として明示されているわけではありませんが、その考えに従って句読を施せば、次のようになるでしょう。

昔より、よしなき物がたり、うたのことをのみ心にしめて。よるひる思て、をこなひをせましかば、いとかゝるゆめの世をば、みずもやあらまし。

こういう理解の仕方は、〈しめて〉の〈て〉を連用形接続の接続助詞「て」と認定するという点で、「しめで」とする理解とは、大きな違いがあるように見えるかもしれません。けれども、「しめて」で句を切る根拠は何か、ということを考えると、やはり、「ましかば」以下の部分との矛盾を回避するためだとしか考えられないでしょう。だとしたら、句読の形は「て」と「で」で違っているとしても、考え方は「しめで」とする説と同じですから、根本的な違いはありません。

接続助詞「て」で句を切ることは、文法的に不可能なわけではありませんが、そう理解するためには相応の理由が必要です。「しめて」で句を切る句読を施すのであれば、その根拠が、〈心にしめて〉以前の段階で、指摘できるのでなければなりません。けれども、その根拠は、やはり、「ましかば」以下の部分以外にはないのです。つまり、この理解は、通説に対立する異説としての意味を持つには至っていません。同じ立場からなされた、解釈上の若干の誤差であるに過ぎないのです。ですから、「心にしめで、」という理解と同じ理由で、そういう理解の仕方も認めがたい、ということになります。

鎖型の構文

いま、問題としている更級日記の文を説明するうえでは、それが国語の表現としてありうるものでなければなりません。そこで、この文の句読を考察するうえで、「鎖型構文」(註三)という考え方を導入します。

鎖は、複数の輪が繋がることによって出来上がっています。それぞれの輪は、隣り合う輪とは繋がっていますが、それ以外の輪とは繋がっていません。けれども、その輪の連続によって、一本の鎖として成り立っているのです。

鎖型構文とは、そういう鎖の構造に準えて命名されたもので、修飾語—被修飾語などの関係の成立するA—Bという文と、同じく修飾語—被修飾語などの関係の成立するB—Cという二つの文を、A—B、B—Cという二文としては表現せずに、Bに二重の意味を重層させることによって、A—B—Cという一文として表現する構文です。この場合、Bは、Aとの関係において、被修飾語として機能するのと同時に、Cとの関係において修飾語として機能します。AとCとは直接繋がってはいませんけれども、AとB、BとCの双方に、共通するBが介在することによって、AとCが、結果として一つの文に統合されるのです。なお、この鎖の輪は、構造上、……—D—E—……と、四つ以上繋がる場合もあります。

具体的な例で説明すれば、たとえば、「恐れ入りやの鬼子母神」という表現がありますが、これは、

A＝恐れ
B＝入りやの
C＝鬼子母神

の三つの部分に分けられます。

Bの「入りやの」は、A—Bの段階では、「恐れ入りや（した）」ということを表わしていますが、B—Cの段階になると、「入谷の鬼子母神」となります。つまり、「入りやの」が、A—Bにおける時と、B—Cにおける時とで、別の意味を担っているのです。Aの「恐れ」とCの「鬼子母神」とは、直接の関係はありませんけれども、Bの「入りや（した）」に地名の「入谷」が重ね合わせられて二重の機能を持つことによって、A—B、B—Cという二つの文が、A—B—Cという一つの文に統合される表現です。

こういう考え方は、和歌表現における掛詞を想起すれば、容易に理解することができるでしょう。

立ちわかれ　いなばの山の　峯におふる　松としきかば　今かへりこむ（註四）

（古今和歌集、巻第八離別哥・在原行平朝臣・三六五番歌）

この和歌には、第四句「松」にも掛詞が用いられていますが、ここでは初〜第三句について説明します。

A＝立ちわかれ
B＝いなばの山の
C＝峯におふる

Bの「いなばの山の」は、A―Bの段階で「立ちわかれ　往なば」、B―Cの段階で「因幡の山の　峯におふる」というふうに、二重の意味が重ね合わされています。そのことによって、

「立ちわかれ　往なば」「因幡の山の　峯におふる」という内容を、「立ちわかれ　いなばの山の　峯におふる」という表現に圧縮しているのです。

掛詞は、一般に和歌の技法として取り扱われていますが——そして、そのこと自体は間違いではないのですけれども——、和歌だけではなく散文にも、同じような構造の文が、存在するのです。

たとえば、こういう例です。

もろこしが原といふ所も、砂子のいみじうしろきを、二三日ゆく。(註五)　(更級日記)

この文では、冒頭の「もろこしが原といふ所も、」と、末尾の「二三日ゆく。」とが呼応していないように見えます。これは、

A＝もろこしが原といふ所も、

B＝砂子のいみじうしろきを、

C＝二三日ゆく。

となっていて、A―Bの「もろこしが原といふ所も、砂子のいみじうしろし。」と、B―Cの「砂子のいみじうしろき（トコロ）を、二三日ゆく。」という、どちらもそれだけで完結することができる部分が、Bを介して一文に統合されている表現です。(註六)

ほかに、「言葉の意味に忠実に」の章の七三～七四ページに（一部分は一二八ページにも）引用した虫愛づる姫君の文も、これと同じ観点から、句読を施しています。

この姫君の、の給事、「人々の、花、蝶やとめづるこそ、はかなくあやしけれ、人は、まことあり、本地、たづねたるこそ、心ばへ、おかしけれ。」とて、よろづの虫の、おそろしげなるを、とりあつめて、「これが、ならんさまを、みむ。」とて、さまぐなるこばこどもに、いれさせ給、中にも、「かは虫の、心ふかきさましたるこそ、心にくけれ。」とて、明け暮れは、耳はさみをして、手のうらにそへふせて、まぼり給。(註七)

傍線を付した「いれさせ給」の後、引用元の注釈書では句点が付されていますし、他の注釈書を見ても、句点とするものがほとんどですが、私見によって読点に改めたのは、そういう考えによります。

「いれさせ給」は、姫君を主語とする、「よろづの虫」の扱いについての記述ですから、そこで文が終わると理解しても、特段の問題はないと思われるかもしれません。けれども、そうだとした場合、それに続く「中にも、」が、やや唐突な印象を受けるようにも、感じられるのではないでしょうか。何の「中」なのかと言えば、「さまぐ〵なるこばこどもに、いれさせ」た「よろづの虫」の「中」なのですから「いれさせ給（虫ノ）中にも、」と、続けて読むことにも、妥当性があるとも考えられます。

A＝よろづの虫の、おそろしげなるを、……さまぐ〵なるこばこどもに、

B＝いれさせ給、

C＝中にも、「かは虫の、心ふかきさましたるこそ、……

ということで、A―Bの「よろづの虫の、おそろしげなるを、……さまぐ〵なるこばこどもに、いれさせ給。」と、B―Cの「いれさせ給中にも、「かは虫の、心ふかきさましたるこそ、……」という二つの文になりうるものを、鎖型構文によって一文に統合しています。

なお、このような表現は、近代の文章にも見られます。（註八）一例をあげれば、

板壁の一方には中くらゐの窓があつて棚が出てゐる。客の誂へた食品は料理場からこゝへ差出されるのを給仕の小女は客へ運ぶ。客からとつた勘定もこゝへ載せる。（註九）

（岡本かの子『家霊』）

のようなものです。傍線を付した部分の冒頭に「客の誂へた食品は」とあって、これに対応するのは直後の「料理場からこゝへ差出される」ですが、そこでは文が終わらないで、「給仕の小女は客へ運ぶ。」と結ばれています。この文は、

A＝客の誂へた食品は
B＝料理場からこゝへ差出されるのを
C＝給仕の小女は客へ運ぶ。

となっていますが、A—Bの「客の誂へた食品は料理場からこゝへ差出される。」と、B—C

の「料理場からこゝへ差出されるの（＝食品）を給仕の小女は客へ運ぶ。」という、それぞれ完結することのできる二つの文が、Ｂの「料理場からこゝへ差出されるのを」を介して、一つの文に統合されているのです。

構文の考察

こういう現象は、国語の文としてそれほど特殊なものではありませんから、読んでいても自然に受け入れられてしまいます。そこで、わざわざ説明されなければ気づかないことが、しばしばありますが、気を付けて見ていれば、案外、少なくないことが判ります。古典の文ならなおさらで、これらと同じようなことが、問題としている更級日記の文でも発生していると考えるのです。これまでと同じように分解すれば、

Ａ＝昔より、よしなき物がたり、うたのことをのみ心にしめて、

Ｂ＝よるひる思て、

Ｃ＝をこなひをせましかば、

となりますが、A—Bの部分を読んだ段階では、「心にしめ」るのも、「よるひる思」ぅのも、どちらも、Aにある「よしなき物がたり、ぅた」のことだと考えて良いでしょう。ですから、Aの末尾〈しめて〉は、「しめて」と理解して問題がありません。それに対して、B—Cの部分を読んだ段階では——より正確に言えば、読者の読解がCの部分に到達した段階では——、「よるひる思」ぅのは、「をこなひ」、つまり仏教のこととしての理解がなされることになるのです。なお、「よるひる思て、」を仏教のこととして理解することが可能な根拠は、既に二三ページに示しています。

つまり、「よるひる思て、」には、「物がたり、ぅた」のことと、「をこなひ」のこととの二重の意味があるのです。ただ、二重と言っても、最初に理解する内容と後から理解する内容の間で、理解が変更されるのではなく、最初の理解である「物がたり、ぅた」のことに、「をこなひ」のことが追加されるのですから、「心にしめて、」という理解が、後の部分を読んだ段階になって「心にしめで、」という理解に修正されるようなことはありません。「心にしめて、」という理解は、それ以前の段階で、既に決定されています。そして、文脈は、「よるひる思て、」に、自然に推移するのです。「よるひる思」ぅことについての二種類の内容は、同時に二つを想起するのではなくて、読解の段階に従って、「物がたり、ぅた」—「をこなひ」の順で、重ね合わせられて行きます。

A―Bの「昔より、よしなき物がたり、うたのことをのみ心にしめて、〔物がたり、うたノコトヲ〕よるひる思て、」は、当時の作者が実際に行なっていたことで、B―Cの「〔仏教ノコトヲ〕よるひる思て、をこなひをせましかば、」は、実際には行なわなかったことの「仮想」です。そのA―B、B―Cの二つの内容が、Bの「よるひる思て、」を媒介として、一つの文に統合されているのです。

通行の句読による構文の把握の仕方では、

「心にしめて」という理解 → 理解の撤回 → 「心にしめで」という理解

という過程を経ることになりますが、このような理解の仕方では、本文の内容の把握のうえで、前の二つの思考の過程――当初の理解とその撤回と――は、まったくの徒労でしかありません。無用の思考の過程を経過した結果、当初の理解とは矛盾する「心にしめで」という理解に決定されることになるのです。この文を読解するうえで、そのような過程を経ることには、何の意味も効果も認められません。不必要な思考の過程は、表現の理解のうえでの障礙以外のものではありえないでしょう。

それに対して、「鎖型構文」の考え方であれば、最初に理解した内容を撤回するような、複雑な思考の過程を必要とはしません。この理解の過程であれば、一旦到達した理解に、別個の情報を添加するだけだからです。

例外的事例

ところで、これまでに考えて来たことが成り立つためには、最低限一つの条件が、満たされなければならないと考えます。その条件となるのは、これまでに述べて来た構文の把握の方法の仮説に反する事例の存在が、否定される必要があるということです。つまり、前の部分との関係において「て」と看做されるものが、後続する部分との関係において「で」として理解が修正される事例としか解釈できないものの存在が、消去できるのでなければなりません。仮説に抵触すると理解する以外に方途がない事例が存在するとしたら、設定した仮説自体に、錯誤があると考えざるをえないでしょう。ただし、仮説に抵触する句読が可能だと思われる事例があったとしても、その読み方のほかに、仮説に則した句読の可能性が指摘できるのであれば、仮説に抵触する句読に従う必要はありません。

更級日記において、この仮説に対する例外的な事例となる可能性がありそうなものとして、次の四つがあげられるのではないかと思います。まずは、それらを写本の表記のとおりに引用しておきます。(註一〇)

なとやくるしきめをみるらむわかくにゝ七三つくりすへたるさかつほにさしわたしたるひたえのひさごのみなみ風ふけはきたになひき北風ふけば南になひきにしふけば東になひき東ふけば西になびくをみてかくてあるよとひとりごちつふやきけるを……

このそうかへりて夢をたにみてまかてなむかほいなきことといかゝかへりても申すへきといみしうぬかつきをこなひてねたりしかは……

いかなる心ある人にか一時かめをこやしてなにゝかはせむいみしくおほしたちて仏の御とくかならすみ給へき人にこそあめれよしなしかし物みてかうこそ思たつへかりけれとまめやかにいふ人ひとりそある

をいともなとひと所にてあさゆふみるにかうあはれにかなしきことののちは、所〳〵になりなとしてたれもみゆることかたうあるにいとくらい夜六らうにあたるをいのきたるにめつらしうおほえて

月もいてゝやみにくれたるをはすてになにとてこよひたつねきつらむ

とそいはれにける

これらの傍線を付した箇所の〈て〉について、既存の注釈書（註一二）の句読を見ながら、検討して行きます。

事例の検討

まずは、一例目です。

「などや苦しきめを見るらむ。わが国に七三つくりすへたる酒壷に、さしわたしたるひたえのひさごの、南風ふけば北になびき、北風ふけば南になびき、西ふけば東になびき、東ふけば西になびくを見で、かくてあるよ」と、ひとりごちつぶやきけるを、……

宮中に出仕している「火たきやの火たく衛じ」が、故郷の武蔵の国で「ひたえのひさご」が風に「なび」いているのを〈みて〉いるというところですから、ここを「みて」とするのか「みで」とするのかで、意味は逆転します。この句読では「で」としているのですから、その理解に従えば、この衛士は、その光景を見ていないことになります。

現在都にいる衛士が、その時点で故郷の実景を見ているはずはありません。衛士は、「ひたえのひさごの、……西になびく」のを見ていないのですから、ここは、打消の「で」と理解するのが妥当だとも、感じられるかもしれません。けれども、そういう判断が可能になるのが、この文の中のどの部分なのか、と考えると、その考え方には頷きがたいものがあります。〈みて〉に続く本文が、仮に「くらさまほし」とでもあれば、「で」ではなくて、「て」の方が適切だと考えられるでしょう。つまり、「みで」だとする判断が、後に続く「かくてあるよ」を根拠にしている、というところに、問題があります。

なお、この部分の句読は、諸注に異説のあるところで、ここを、「みて」と理解する説が、存在します。一例を、示します。

「などや苦しきめを見るらむ、わが国に七つ三つつくりすへたる酒壺に、さし渡したるひたえのひさごの、南風ふけば北になびき、北風ふけば南になびき、西ふけば東になびき、東ふけば西になびくを見て、かくてあるよ」と、ひとりごち、つぶやきけるを、[註一二]……

この注釈書には、「見て、かくてあるよ」の部分に注して、「見てのどかにすごしていたのに、今はこんなに苦しい目を見ている。」とあります。この注釈の解釈を仔細に検討するのは目的とするところではありませんけれども、接続助詞「て」には、「のに」という意味を示す逆接の用法はありません。ここを逆接のように訳しているのは、やはり、「かくてあるよ」が根拠になっているのでしょう。けれども、〈みて〉を「みて」と理解するのであれば、これまで述べているとおり、前から順に読んで行ってそう解釈できるのでなければなりません。

接続助詞「て」は、前後の部分を接続する機能を持っているものであり、[註一三]それは同時に、前後の部分が分離していることを示しています。[註一四]

廿九日　ふね、いだしてゆく。うら〱とてりて、こぎゆく。[註一五]　（土左日記、一月廿九日）

この例では、「うら〳〵とてり」と「こぎゆく」が、接続助詞「て」によって接続されています。実際のところとしては、「うら〳〵とて」ったから、「こぎゆく」ことができたのかもしれませんけれども、この文が、その両者を因果関係として捉えているわけではありません。「うら〳〵とてり」と「こぎゆく」という二つの事柄が、単純に繋げられているだけです。太陽が「うら〳〵とて」っていて、前土佐守一行が船を「こぎゆく」という表現です。

近代語では、このような接続助詞「て」の前後の部分が分離していることを示す機能は、古代語に比べればだいぶ弱くはなっていますが、完全になくなったわけではありません。近代の文章にも、こういう例があります。

「こんなに暗くって字が見えますね」
「それが見える。じつによく見える」
信次は冗談らしくない冗談を言った。(註一六)
(高橋たか子『空の果てまで』第四章)

「こんなに暗」いことと、「字が見え」ることとは、矛盾しているとも言えそうですから、ここを「こんなに暗いのに字が見えますね」と言い換えても、同じように意味が通じるようにも感じられますが、だからと言って、「て」が「のに」と同じ意味だとは言えません。本文が「暗くって」である以上、逆接と取っても意味が通じないことはないとしても、ここは、「て」の前後を単純に接続しているだけだと理解しなければなりません。

これらの例と同じことが、先ほどから問題としていた文にも当て嵌まります。「のに」と訳しても意味が通じるように感じられることは、「て」が逆接であるということの根拠にはなりません。これは、「わが国に……西になびくをみ」と「かくてあるよ」という二つの事柄が、「て」によって、単純に接続されているのです。〔以前は〕「ひさご」の「なび」くのを「みて」、〔現在は〕「かくてある」という理解をすることが可能なのだと考えます。

国語の文は、実質的な断絶を形態的な連続として表現する「断絶の連続」(註一七)を原理とすると言われます。殊に、古典の表現においては、接続助詞「て」によって叙述の観点を転換させることで、複数の完結する内容を一文として構成するのは常套ですから、この理解には、特段の問題がありません。ただ、ここでの当面の課題としては、この部分の句読に結論を得ることではなくて、〈て〉を「で」と読む以外の可能性があることを示すことですから、この用例の検討は、ここまでに止めることにして、次に、二例目について検討します。

この僧、かへりて、「夢をだに見でまかでなむが、ほいなきこと、いかゞ、かへりても申すべきと、いみじうぬかづきをこなひて、ねたりしかば、……

作者の母親が、作者のために僧に依頼して将来の夢を見ることを依頼した場面です。僧は、夢を見て帰ることを期待されているのですから、「夢をだに見でまかでなむ」と読んで、それを「ほいなき」とすることとの間に、矛盾は生じません。けれども、仮に、〈夢をたにみてまかでなむ〉で句が切れる場合などを想定すれば、僧の、夢を見て帰ろうという意志を表わしていることになりますから、ここは、「みて」としての理解がなされることの、ありえない表現ではありません。〈みて〉を「みで」と決定するためには、後続する部分にある「ほいなきこと」の出現を必須とするのです。そこで、ここでは、先の仮説に従って、まず、「みて」としての解釈が、試みられるのでなければなりません。「夢をだにみてまかでなむが、ほいなきこと。」という理解の可能性を、考慮する必要があります。

一案として、「まかでなむが、」の「が」を、接続助詞として解釈する可能性を提起します。そのように解釈することができるとするならば、「夢をだにみてまかでなむ」という句読で、理解することが可能でしょう。「夢をだにみてまかでなむ」というのが、僧に期待されていたことなのですが、その結果は「ほいなきこと」に終わった、という理解です。
つまり、「ほいなきこと」は、「夢をだに見でまかでなむ」、つまり、当初の目的が実現しないという事態に対する心情ではなくて、「夢をだに見てまかでなむ」という当初の意志が実現しないことを、それに対する心情で代替した表現であると看做すことができるのではないか、ということです。「みで」とする理解は、たとえば、「参加できないのが、残念だ。」といった表現に相当します。それに対して、「みて」とする理解であれば、「参加したいが、残念だ。」という表現で不参加を表現するようなものだと考えられるでしょう。
次に、三例目です。

いかなる心ある人にか、「一時が目をこやして、なににかはせむ。いみじくおぼしたちて、仏の御徳かならず見給べき人にこそあめれ。よしなしかし。物見で、かうこそ思たつべかりけれ」と、まめやかにいふ人、ひとりぞある。

この直前の部分に、これに類似する、〈ものみて〉という表現があります。

ともにゆく人〳〵もいといみしく物ゆかしけなるはいとおしけれとものみてなにゝかはせむかゝるおりにまうてむ心さしをさりともおほしなむかならす仏の御しるしをみむと思たちて……

この部分は、通常、「みて」と理解されて、異論がありません。ですから、先行する部分に、「みて」とあり、直後の部分では、「みで」とあることになります。先行する部分が「て」であるのであれば、後続する部分を「で」と看做すための十分な根拠が指摘できるのでなければ、「て」と理解する蓋然性が高いと考えるのが、この考察における、基本的な方針です。ただし、この場合、同じ「類似」といっても、先の事例と比較すれば、その度合はかなり低いと思われますから、両者が同一の句読で理解されなければならないということにはならないかもしれません。類似の度合から言って、先行表現による後続表現の牽制効果は、あまり期待できない事例だとも言えますが、そのことによって、この例を「みて」と認定するためにはそれだけの根拠が必要だということに、変わりがあるわけではありません。句読の検討が必要です。そこで、〈物みて〉を、「物みて」と理解する可能性を考えてみます。

注釈書に示された句読では、「よしなしかし。」が、それだけで独立した一文として認定されています。けれども、この「よしなしかし」は、そうだとしか理解できないわけではありません。別の句読が、可能でしょう。つまり、いわゆる「倒置」(註一八)の表現で、後続する〈物みて〉と統合されて、一文を構成するとも考えられるのです。とすれば、〈物みて〉の〈て〉は、「て」と看做されることになります。

最後、四例目です。

をいどもなど、ひと所にてあさゆふ見るに、かうあはれにかなしきことののちは、所ぐになりなどして、たれも見ゆることかたうあるに、いとくらい夜、六らうにあたるをいのきたるに、めづらしうおぼえて、

月もいでゝやみにくれたる姨捨になにとて今宵たづねきつらむ

とぞ、いはれにける。

これについては、「いでゝ」であることは、歌意のうえからも明白です。「月もいでゝ――やみにくれたる姨捨」では、初句と第二句とが、明らかに矛盾します。表現内容の論理関係のうえから、ここは、注釈書が示す句読のように、「月もいでゝ――やみにくれたる姨捨」と理解され

なければならないでしょう。

けれども、和歌の本文のうえからいえば、〈いてゝ〉以前の部分にあるのは、「月も」でしかありません。したがって、この段階において、「いでゝ」であるか「いでゞ」であるかを決定することは困難だとも考えられます。

ただ、この和歌では、その前にある地の文において、この和歌が詠まれた時点では月が出ていないこと――「月もいでゝ」という状態にはないこと――が、明確に示されています。読者は、和歌を目にする以前に、その部分に接しています。だとしたら、和歌の読解のうえで、「月もいでゝ」と理解する可能性は、排除されると考えて良いのではないでしょうか。

もっとも、地の文を前提とせずに、和歌表現のみで、引用した注釈書の句読と同様の理解をすることは困難でしょう。けれども、この和歌が、それ以降に成立した和歌集などに収録されることのなかったことなどからしても、地の文の内容を前提とした和歌表現の把握ということが、認められて良いのではないでしょうか。つまり、和歌表現だけで自立し完結する表現なのではなくて、和歌と散文とが相俟って理解されるものだということです。そこで、これを、仮説に対する例外的事例とは看做しません（註一九）。

もちろん、こういう例外にも見える事例を潰して行く必要があるのは、こと更級日記の文に限ったことではありません。いまは更級日記の文の検討に止めますけれども、ここで取り上げた以外の、あらゆる文脈において、同様の検討がなされるのでなければなりません。

二つの立場

古典の文章の構文を把握するうえで、二つの立場が存在するでしょう。第一に、古典の観点に立って、古典の文章の構文を把握しようとする立場です。第二に、現代の観点に立って、古典の文章の構文を把握しようとする立場です。

第一の立場は、古典の文章の荷担者――平安時代の文学作品であれば平安貴族です。――と同一の理解の過程を再現することを以て、古典の文章の理解と認識するものであると言えるでしょう。この立場から、第二の立場に立つ古典の文章の理解を批判する見解があります。(註二〇)そういう立場からすれば、古典の構文の把握のうえでは、現代の文章の構文原理に立脚するものである「句読」という概念自体が、否定されることになります。

けれども、古典の文章の構文原理と現代の文章の構文原理との間に格差があり、その格差のある古典の文章を、現代の文章の荷担者が理解しようとする以上、現代の文章の荷担者の観点に立って、古典の文章の構文原理を説明する立場というものが、ありえて良いはずです。理解する対象は、過去の表現でも、理解する主体は、現在を生活する人物にほかならないからです。それが、第二の立場の成立する根拠であると言えるでしょう。

ここに示した二つの立場は、その優劣を比較して論じられるべきものではありません。言わば、観点の相違であるに過ぎないでしょう。双方の立場から、考察が進められる必要があるものだと考えています。

更級日記は、「本文上においてはさしたる問題もな」(註二)い作品であるとも言われることがありますが、こういった観点から作品の構文を検討すれば、通行の理解に疑義を提起する必要のある箇所は、少なくないと思います。作品全体に亙って、句読を見直す必要があるでしょう。また、更級日記以外の作品においても、構文を徹底的に再考する必要があることは言うまでもありません。こういう問題は、けっして、個別的な箇所の解釈上の小問として、安易に片付けてしまって良いものではないのです。

註一　皇居三の丸尚蔵館収蔵。

註二　西下経一「更級日記」(『土左日記・かげろふ日記・和泉式部日記・更級日記』岩波書店／日本古典文学大系二〇、一九五七年一二月)。頭注に、「「心にしめて」と読み、そこで句にすることもできる。」とあります。

註三　塚原鉄雄『国語構文の成分機構』（新典社／新典社研究叢書一四〇、二〇〇二年三月。第二部「鎖型の構文」）。

註四　佐伯梅友『古今和歌集』（岩波書店／日本古典文学大系八、一九五八年三月）。

註五　吉岡曠「更級日記」（『土佐日記・蜻蛉日記・紫式部日記・更級日記』岩波書店／新日本古典文学大系二四、一九八九年一一月）。

註六　塚原鉄雄・東節夫『よくわかる国文法』（旺文社、一九七四年三月。第七章「特殊な文脈」）。

註七　大槻修「堤中納言物語」（『堤中納言物語・とりかへばや物語』岩波書店／新日本古典文学大系二六、岩波書店、一九九二年三月）。

註八　馬上駿兵『〔文法〕であじわう名文』（新典社／新典社新書七〇、二〇一六年一一月。「〔文脈の折れまがり〕であじわう名文―中島敦『山月記』など―」）。

註九　岡本かの子『岡本かの子全集　第四巻』（冬樹社、一九七四年三月）。

註一〇　犬養廉編『影印本　更級日記』（新典社／影印本シリーズ、一九六八年三月）。

註一一　吉岡曠「更級日記」（『土佐日記・蜻蛉日記・紫式部日記・更級日記』岩波書店／新日本古典文学大系二四、一九八九年一一月）。以下、二例目以降の引用についても、特段の記載のない限り、更級日記の注釈書の引用は同書によります。六七ページ註一に、本書の本文引用の方針を示していますけれども、ここでは通行の句読の検討のための引用ですので、引用文献の句読のとおりに引用します。なお、言うまでもないことですけれども、特定の注釈書の句読を問題にしようとしているのではありません。通行の句読の参考の一つとして、提示しています。

註一二　西下経一「更級日記」（『土左日記・かげろふ日記・和泉式部日記・更級日記』岩波書店／日本古典文学大系二〇、一九五七年一二月）。ほかに、以下の注釈も、同様の理解を示しています。萩野由之・落合直文・小中村義象「さらしな日記」（『土佐日記・枕草子・さらしな日記・方丈記』博文館／日本文学全書第二編、一八九〇年五月）。宮田和一郎『更級日記評釈』（麻田書店、一九三一年九月）。西尾光雄「更級日記」（『更級日記・平中物語・篁物語・堤中納言物語』河出書房／現代語訳日本古典文学全集第一三巻、一九五四年四月）。

註一三　塚原鉄雄『国語構文の成分機構』（新典社／新典社研究叢書一四〇、二〇〇二年三月。第一部「補助の関係」）。

註一四　塚原鉄雄『国語構文の成分機構』（新典社／新典社研究叢書一四〇、二〇〇二年三月。第四部「文脈と文法」）。

註一五　鈴木知太郎「土左日記」（『土左日記・かげろふ日記・和泉式部日記・更級日記』岩波書店／日本古典文学大系二〇、一九五七年一二月）。

註一六　高橋たか子『空の果てまで』（新潮社、一九七三年二月）。

註一七　塚原鉄雄『国語構文の成分機構』（新典社／新典社研究叢書一四〇、二〇〇二年三月。第三部「論理と文脈」）。

註一八　ここにいう「倒置」の概念は、塚原鉄雄・東節夫『よくわかる国文法』（旺文社、一九七四年三月）、塚原鉄雄『新講古典文法』（新典社、一九八七年四月）などによるものです。「A—B」

という文を「B―A」と逆転して表現したと看做すのではなく、「(A―)B」「B(―A)」という、省略のある二文の統合された構文と理解する考え方です。つまり、「倒置」とは、表現方法からの規定ではなく、表現内容による呼称です。作者の表出の過程や読者の受容の過程が「倒置」であるわけではありません。

註一九　なお、「新編国歌大観」を調査した範囲では、王朝期において、「月もいでゞ」の句を持つ和歌は、当該のもの以外には検索できません。因みに、「月もいでゝ」の句を持つ和歌には、「もろともに　たびなる空に　月もいでて　すめばやかげの　あはれなるらん」（山家集、四一五番歌。詞書「まゐりつきて、月いとあかくてあはれにおぼえければ」）があります。

註二〇　小松英雄『仮名文の原理』（笠間書院／笠間叢書二一七、一九八八年八月。第Ⅱ部「仮名文の構文原理」）。

註二一　宮崎荘平「更級日記研究の動向と課題」（『国文学―解釈と教材の研究―』第二六巻第一号通巻三六八号、学燈社、一九八一年一月）。

［補論一］国語の文の表現構造

構文の認識を見直す

――鎖型構文・文体の融合など――

わしがこうしてしゃべってるのは、《事実》それ自体のことでなく、《事実》がもっている意味について語っておるんです。

――Ray Bradbury

同格の助詞

本書の中で何度もくり返し述べて来ましたけれども、言葉が、前から順を追って読んで行くことで理解できるものである以上、文の読解は、その原則に従って行なわれるのでなければなりません。ただ、その原則を維持しようとすると、一見、説明ができないように見える事象が、散見するようにも感じられるかもしれません。そこで、そういうものについて、検討しておこうと思います。

たとえば、次のような例があります。

さるおりしも、白き鳥の、嘴と脚と赤き、鴫の大きさなる、水のうへに遊びつゝ、魚をくふ。(註一)　（伊勢物語、第九段）

これは非常に有名な事例で、格助詞「の」の、いわゆる「同格」の用法を説明する際に、かならずと言って良いほど引かれるものです。傍線を付した、「白き鳥の、」の「の」がそれに当たります。

言わずもがなでしょうけれども、同格とは、「の」を挟んだ前後の体言もしくはそれに準ずる語句が、同じ事柄であることを示す用法です。この伊勢物語の例であれば、「白い鳥で、くちばしと脚とが赤い、鴫ほどの大きさの鳥が、[註二]」などと訳されますが、これは、「白き鳥」と「嘴と脚と赤き、鴫の大きさなる（鳥）」とが同じ事柄、つまり同格だということが、格助詞「の」によって示されているという理解です。多少の違いはあるにしても、多くの注釈書で、同じような解説がされています。

ただ、それでは、「嘴と脚と赤き、」が、「赤く」ではなく「赤き」と連体形になっていることに、合理的な説明を付けることができません。そこに言及する注釈書は、多くはないようですが、ここは、夙に『勢語臆断』が「【はしと足と赤】といへるに、下に鳥のと入て心得べし。[註三]」と説いているのに従うべきでしょう。「嘴と脚と赤き、」と連体形になっているのは、後続する「鴫の大きさなる、」が連体形になっているのが「鴫の大きさなる（鳥）」だからなのと同じく、「嘴と脚と赤き（鳥）」だからです。ここを同格と看做すのだとしたら、「嘴と脚と赤き」の下には「の」は付いていませんけれども、「白き鳥」と「嘴と脚と赤き（鳥）」と「鴫の大きさなる（鳥）」が同格になっている、と理解するのが妥当で、それらがいずれも「水のうへに遊びつゝ、魚をくふ。」の主語になっているとすべきだということです。

これを図式化すれば、以下のようになります。

白き鳥
嘴と脚と赤き（鳥）　（ガ）→　水のうへに遊びつゝ、魚をくふ。
鴫の大きさなる（鳥）

けれども、このような理解には、問題があります。それは、この文がそのような構造になっていることをどの段階で認識することができるのか、という点で、仮にこの文が、

白き鳥の、嘴と脚と赤し。

で終わる形だったとしたらどうでしょうか。これなら、文の中には「白き鳥」と同格だと認められるような事柄は何もありませんから、「の」は同格を示す助詞ではありえません。この場合の「の」は、「白き鳥」が「嘴と脚と赤し。」の主語（連用修飾格）になっていることを表わしています。

この仮の文と実際の文とは、「白き鳥の、嘴と脚と赤」までは同じ形です。つまり、この部分までを読んだ段階では、「の」が同格であるかどうかの判断ができないのです。さらに、「赤し」ではなく「赤き」であったことが判った段階でも、その下には、「鳥」以外の、「色」とか「時」とか、別の体言が繋がるような場合も、ありえないことではないのですから、それが即、「の」が同格であることの根拠にはなりません。それを、そのまま読み続けて、文末の「水のうへに遊びつゝ、魚をくふ。」に至って、漸く、「白き鳥」と、それに続く「嘴と脚と赤き（鳥）」と「鴫の大きさなる（鳥）」がいずれも、その主語になっているものだということが判明します。つまり、「白き鳥の、」の「の」が同格だということは、この時点で、初めて理解することができるのです。

文の中のある語句の示す意味が、その文の文末まで読んだ段階で判明する——そういう文の把握の方法を認めることはできない、というのが本書における姿勢です。ですから、言葉を受け入れる過程において、先に図示したような空間的・鳥瞰的な認識を想定することはできないのです。

そこで、この文を理解するうえでも、「表現を受容する方法」の章で検討した、鎖型構文の考え方による文の理解の仕方を適用します。この文は、

A＝白き鳥の、
B＝嘴と脚と赤き、
C＝鴫の大きさなる、
D＝水のうへに遊びつゝ、魚をくふ。

となっていますが、Aの「白き鳥の、」とBの「嘴と脚と赤き、」が修飾—被修飾の関係を持ち、Bの「嘴と脚と赤き（鳥）、」とCの「鴫の大きさなる、」が修飾—被修飾の関係を持ち、Cの「鴫の大きさなる（鳥）、」とDの「水のうへに遊びつゝ、魚をくふ。」が修飾—被修飾の関係を持っています。

内容としては、

白き鳥の（＝ガ）、嘴と脚と赤し。
嘴と脚と赤き（鳥ガ）、鴫の大きさなり。
鴫の大きさなる（鳥ガ）、水のうへに遊びつゝ、魚をくふ。

という、三つの文として表現することも可能ですが、「嘴と脚と赤き、」と「鴫の大きさなる、」が、前の部分との関係と、後の部分との関係で、二重の機能を持つことによって、それを、一文に凝縮して表現しています。

結果的に、「白き鳥」と「嘴と脚と赤き（鳥）」と「鴫の大きさなる（鳥）」とが、いずれも同じ「鳥」で、その鳥が、「水のうへに遊びつゝ、魚をくふ。」のには違いがないとしても、それは結果的にそう言えるだけであって、そのように表現されているわけではありません。表現としては、「白き鳥」が、「嘴と脚と赤」いのであり、「嘴と脚と赤」い鳥が、「鴫の大きさな」のであり、「鴫の大きさ」の鳥が、「水のうへに遊びつゝ、魚をく」っているのです。「白き鳥」や「嘴と脚と赤き（鳥）」が、「水のうへに遊びつゝ、魚をくふ。」と直接の関係を持っているわけではありません。内容を考えた時に同格のように見えるということは言えるのかもしれませんけれども、表現を理解するうえでは、同格という考え方は成り立たないのです。あくまでも、修飾―被修飾の関係にある、自立するそれぞれの部分が次々に繫げられて、一文を構成している構文です。つまり、この文も、前から順に読んで行くことによって理解することができるものなのです。

順接と逆接

もう一つ、伊勢物語の例をあげます。

むかし、おとこありけり。女の、え得まじかりけるを、年を経てよばひわたりけるを、からうして盗み出でて、いと暗きに来けり。（第六段）

この部分は、まず、「女の、」の「の」に対して諸説があって、「ある女で、男が得ることができそうになかったその女を、の意」(註四)と取る説もありますが、先に述べたとおり同格を認めない立場に立ちますから、「女の、とてもわがものにできそうになかったのを、」(註五)とする解に従っておくこととして、いまは助詞「を」について考えて行きます。

読点の直前に助詞「を」が二つ出て来ますが、一つめの「を」については、特に問題はないでしょう。「なかったのを、」と訳されている「の」は女のことですから、「え得まじかりける（女）を、年を経てよばひわたりける」という文脈です。つまり、この「を」が格助詞であることには、疑問の余地がありません。

問題は、二つめの「年を経てよばひわたりけるを、」の「を」です。この「を」については、「求婚しつづけていたが」（註六）などとされるように、逆接の接続助詞として理解するものが少なからず見受けられます。そうだとすれば、「年を経てよばひわたりける」と「からうして盗み出で」が相反するものだということが、「を」によって示されていることになります。

けれども、この「を」が接続助詞だったとして、「年を経てよばひわたりける」と「からうして盗み出で」との関係を、順接で、「年を経てよばひわたりける【ノデ】、からうして盗み出でて、」と捉えるか、あるいは逆接で、「年を経てよばひわたりける【ノニ】、からうして盗み出でて、」と捉えるか、何を根拠に判断できるのでしょうか。

本文が、「年を経てよばひわたりけるを、空しくなりにけり。」とでもあれば、「を」の前後は相反する事柄だと言っても良さそうですから、逆接と断定できると言えるかもしれませんが、「年を経てよばひわたりける」と「からうして盗み出で」との間には、そこまで明確に逆接と判断しなければならない理由を感じられません。強いて言えば、「年を経てよばひわたりける」という事実があって、にもかかわらず、何らかの事情によって逢瀬のままならない状況が発生したために、それを打開しようとして「からうして盗み出で」たのだ、ということで、逆接の接続助詞と看做すのが妥当だ、ということでしょうか。

けれども、そのような状況が発生する可能性を容認するとしても、そもそものところとして、文脈から接続助詞の機能を認識しようとするのは、本末転倒です。たとえば、「笛吹けど踊らず」と言った場合、「笛吹け」と「踊らず」とが逆接として接続されているという判断は、両者が内容的に相反することだという事実からなされるのではありません。「ど」自体が逆接の接続助詞だからです。ですから、同じく「笛吹け」と「踊らず」を接続助詞で接続したとしても、「笛吹けば踊らず」なら、順接になるのです。

笛を吹いたら踊るのが当たり前で、「笛吹けば」では意味が通らないではないか、と思われるかもしれませんが、たとえば、太鼓を叩かなければ踊らない、という前提があったとすれば、「笛吹けば踊らず」という表現も成り立ちます。つまり、「笛吹け―X―踊らず」という表現の場合、「笛吹け」と「踊らず」の内容からではなく、「X」、つまり、「ど」とか「ば」とかの助詞そのものから、順接なのか逆接なのかを、判別しているのです。順接なのか逆接なのか、前後の内容を読んでみなければ判断できない条件接続の接続助詞などというのは、存在として無意味です。「年を経てよばひわたりけるを、」という表現は、後ろにどんな言葉が来ようとも（あるいは来なかろうとも）、その時点で理解できるのでなければならないのです。

この伊勢物語の文について考えるのに、次のようなものが、参考になるのではないかと思い

ます。近代の例ですが、

むかしの旗本屋敷などには往々こんなことがあつたさうだが、その亡魂が祟をなして、兎もかくも一社の神として祭られてゐるのは少いやうだ。さう判つてみると、職人たちも少し気味が悪くなつた。しかし梶井の父といふのはいはゆる文明開化の人であつたから、たゞ一笑に付したばかりで、その書き物も黒髪もそこらに燃えてゐる焚火のなかへ投げ込ませようとしたのを、細君は女だけに先づ遮つた。それから社を取りくづすと、縁の下には一匹の灰色の蛇がわだかまつてゐて、人々があれ〱と云ふうちに、たちまち藪のなかへ姿をかくしてしまつた。(註七)

(岡本綺堂『月の夜がたり』三)

というものがあります。この傍線を付した「その書き物も黒髪もそこらに燃えてゐる焚火のなかへ投げ込ませようとしたのを、」の「を」について考えてみると、これは、準体助詞「の」が上接していることからも明らかなように格助詞で、連用修飾格を表わします。「投げ込ませようとしたの(=書き物、黒髪)を、」ということです。この理解には、特段の疑問はないでしょう。

傍線部を含む一文は、「梶井の父といふのは」で始まりますが、文末にある「遮つた」は、その「梶井の父」の行為ではありません。言うまでもなく「細君」が「遮つた」のです。つまり、文の冒頭と末尾は、呼応していないことになります。この文は、

A＝しかし梶井の父といふのはいはゆる文明開化の人であつたから、
B＝たゞ一笑に付したばかりで、その書き物も黒髪も……投げ込ませようとしたのを、
C＝細君は女だけに先づ遮つた。

となっていて、A—Bが「梶井の父」を主語とする、B—Cが「細君」を主語とする、別々の文としても表現することのできる内容を、一つの文に凝縮して表現しています。先の伊勢物語の「年を経てよばひわたりけるを、」の「を」を、そういう表現だと考えるのです。これは、

A＝女の、
B＝え得まじかりけるを、
C＝年を経てよばひわたりけるを、
D＝からうして盗み出でて、いと暗きに来けり。

というふうに分けることができますけれども、A―B、B―C、C―Dが、それぞれ関係を持って、後の部分に続いて行きます。

女の、え得まじかりけり。
え得まじかりける（女）を、年を経てよばひわたりけり。
年を経てよばひわたりける（女）を、からうして盗み出でて、いと暗きに来けり。

という三つの文で表わすことのできる内容を、Bの「え得まじかりけるを、」とCの「年を経てよばひわたりけるを、」とが、前にある部分に対する被修飾語であると同時に後に続く部分に対する修飾語として二重の機能を果たすことによって、一文に凝縮しているのです。つまり、「年を経てよばひわたりけるを、」の「を」は、「投げ込ませようとしたのを、」の「を」と同じく格助詞だと考えるべきだということです。

ただし、伊勢物語の文には、準体助詞「の」はありません。けれども、近代語ではこういう場合に準体助詞が必須ですが、古代語ではそうではありませんでした。直前の「え得まじかりけるを、」も、「え得まじかりける（の＝女）を、」ということで、準体助詞なしに、「え得まじかりける」を体言句にしています。綺堂の文と同じ事柄を表わすのに、古代語であれば、「その書き物も黒髪もそこらに燃えてゐる焚火のなかへ投げ込ませようとしたを、」という類いの言い方が、可能だったのです。これ以上例をあげるまでもないでしょうけれども、次の例も、準体助詞を使うことなく、連体形に格助詞「を」が接続しています。

京にありわびて、あづまにいきけるに、伊勢、おはりのあはひの海づらを行くに、浪のいと白く立つを見て、
(伊勢物語、第七段)

なお、綺堂の文を、「その書き物も黒髪もそこらに燃えてゐる焚火のなかへ投げ込ませようとしたけれども、」と言い換えても、意味は、通じるでしょう。けれども、もちろんのこと、それは、実際の「その書き物も黒髪もそこらに燃えてゐる焚火のなかへ投げ込ませようとしたのを、」とは、まったく別の表現です。

それと同じように、伊勢物語の「年を経てよばひわたりけるを、」を「言い寄り続けていたけれども、」と逆接のように訳しても意味が通じると感じられることと、この「を」が逆接の

接続助詞であるかどうかということは、まったく関わりがありません。そういう言い換えをしたとしても、意味の疎通する訳文めいた別種の表現を、創り出すことができるというに過ぎないでしょう。

会話の範囲

「助動詞の表現と効果」の章の一二九ページに句読を示した虫愛づる姫君の本文を、元の写本の表記のとおり、句読点などを付けずに引用します。

くるしからすよろつの事ともをたつねてすへをみれはこそことはゆへあれいとおさなきことなりかはむしのてうとはなるなりそのさまのなりいつるをとりいてゝみせ給へり(註八)

この部分で問題となるのは、会話文の範囲がどこか、ということです。引用部分冒頭の「くるしからず。」から始まるのはまず間違いないところでしょうが、どこで終わるのかには、諸説あります。一つの注釈書では、次のようになっています。

「くるしからず。よろづの事どもをたづねて、末をみればこそ、ことはゆへあれ、いとおさなきことなり。かは虫の蝶とはなるなり」そのさまのなりいづるを、とりいでて見せ給へり。(註九)

この注釈書では、「かはむしの、てうとはなるなり。」までを会話文としています。ただ、会話文は、「と」「とて」「など」などの語句で受けられることが多くありますが、ここにはそういうものがありません。この注釈書の脚注にも、「あとの続きが悪く、「とて」「と」などの省略あるか。」とされていて、この本文のままでは、「そのさまの……」への繋がりに、少し唐突な印象があると言えそうです。

それで、会話の終わりの箇所は同じであるものの、本文を改訂して、ここに「と」を補っている注釈書もあります。

「苦しからず。万の事、もとを尋ねて末を見ればこそ、事はゆゑあれ。いとをさなき事なり。烏毛虫の、蝶とはなるなり。」と、そのさまのなり出づるを、取り出でて見せ給へり。(註一〇)

最初の注釈書では「と」の「省略」を、後の注釈書では「脱落」を想定しているわけですが、いずれにしても、写本の本文に、やや問題がある、ということになります。

また、これとは別に、「そのさまのなりいづるを、」までを、姫君の会話文だとする考え方もあります。それは、「そのさまの」の「その」は、直前の「かはむしの、てうとはなるなり。」を承けているものであることから、「かはむしの、てうとはなるなり。」までを会話文と、「そのさまのなりいづるを、」を地の文と考えるよりも、それらが会話文同士だと考えた方が、より自然だとも感じられるからでしょう。

ただ、そうだとすると、「とりいでゝ、」は一概にどちらと決めがたいところはありますが、それに続く文末の「みせ給へり。」は地の文としか考えられませんから、文の途中で突然会話文が終わってしまう形になります。そこで、それを回避するために、「そのさまのなりいづるを、」の下に「見たまへとて」というような語句を補うことによって、そこまでを会話文と、それ以下を地の文として理解する見解があります。(註一二)

実際にそのように本文の改訂を行なっている注釈書はないようですけれども、下記のようなことでしょう。

「くるしからず。よろづの事どもをたづねて、すへをみればこそ、ことはゆへあれ。いとおさなきことなり。かはむしのてうとはなるなり。そのさまのなりいづるを見たまへ。」とて、とりいでゝてみせ給へり。

「と」を補う説に従えば、会話文が唐突に終わる印象は回避されます。また、「見たまへとて」を補う説なら、「かはむしの、てうとはなるなり。」という姫君の会話文を同じ姫君の会話文である「その」が承けるという、文脈の自然な推移を想定することが可能です。どちらの句読にも、それぞれの効用があるとも言えるでしょうけれども、後者の理解と比べて、脱落の想定が容易であることから、本文に語句を補入しないまでも、前者の理解に従うのが、諸家の見解の趨勢だと言えそうです。

けれども、これらの句読では、会話文の範囲と補う語句が、多少、相違するものの、本文に脱落や省略を想定するという点で、本質的な違いは認められません。そこで、それぞれの語句を補うことの妥当性を考える前に、原文の本文のままで理解できないのかどうか、検討がなされる必要があるでしょう。

「そのさまの……」以降の部分は、

A＝そのさまのなりいづるを、
B＝とりいでゝ、
C＝みせ給へり。

となっていますが、A―B「そのさまのなりいづるを、とりいでゝ、」と、B―C「とりいでゝ、みせ給へり。」が、B「とりいでゝ、」を介して繋がっていると考えられます。これまで見て来た伊勢物語の二つの例のように、文の途中で主語が転換するようなこともありませんから、それ自体は特別なことではない、ごくありふれた事象のようにも見えますけれども、注意すべきところがあります。それは、先にも書いたとおり、語句の脱落もしくは省略を想定しないとしたら、文頭のA「そのさまのなりいづるを、」が会話文として受け入れるのが自然であるのに対して、文末のC「みせ給へり。」は地の文と考えるのが妥当だという点です。

この文は、A―BとB―Cを統合したものではありますが、A―Bが姫君の会話文であるのに対して、B―Cが地の文になっています。会話文と地の文とが、B「とりいでゝ、」を介して鎖型に繋がっているのです。通常では、会話文と地の文は、明確に区劃されて独立していますが、この文のように、会話文と地の文とが直接の関係を持つことがあって、こういう現象は、「文体の融合」（註一二）と呼ばれています。一二九ページに示した句読では、便宜的に「とりいでて、」の下で鍵括弧を閉じましたが、実際には、「とりいでて、」は単純な会話文なのではなくて、A―Bの段階では会話文として、B―Cの段階では地の文として機能していて、会話文と地の文を繋ぐ役割を担っているのです。

このように鎖型構文によって文体の融合が成立している構文だと考えれば、原文には存在しない語句を補うことをせずに理解することができますし、かつ、文脈の自然な推移を想定することも、可能なのです。

註一　大津有一・築島裕「伊勢物語」（『竹取物語・伊勢物語・大和物語』岩波書店／日本古典文学大系九、一九五七年一〇月）。

註二　福井貞助「伊勢物語」（『竹取物語・伊勢物語・大和物語・平中物語』小学館／新編日本古典文学全集一二、一九九四年一二月）。

註三　釈契沖「勢語臆断巻之一」（『伊勢物語古註釈大成』日本図書センター／日本文学古註釈大成、一九七九年五月）。

註四　福井貞助「伊勢物語」（『竹取物語・伊勢物語・大和物語・平中物語』小学館／新編日本古典

文学全集一二、一九九四年一二月)。

註五　石田譲二『伊勢物語註釈稿』(竹林舎、二〇〇四年五月)。

註六　渡辺実『伊勢物語』(新潮社/新潮日本古典集成、一九七六年七月)。

註七　岡本敬二『近代異妖篇(綺堂読物集乃三)』(春陽堂、一九二六年一〇月)。

註八　高松宮家本。池田利夫編『高松宮本　堤中納言物語　国立歴史民俗博物館蔵』(笠間書院/笠間文庫〇五〈影印シリーズ〉、二〇〇七年一月)。

註九　大槻修「堤中納言物語」(『堤中納言物語・とりかへばや物語』岩波書店/新日本古典文学大系二六、一九九二年三月)。「あとの続きが悪く、「とて」「と」などの省略あるか。底本「なり」に「字脱歟」と傍注。ただ、「話芸」のテンポの早さを感じさせる。」とあります。

註一〇　山岸徳平『堤中納言物語全註解』(有精堂出版、一九六二年一一月)。

註一一　稲賀敬二「堤中納言物語」(『落窪物語・堤中納言物語』小学館/新編日本古典文学全集一七、二〇〇〇年九月)の頭注に、「あるいは「そのさまのなり出づるを(『見たまへ』とて)」のような文意か。」とあります。

註一二　塚原鉄雄『新修竹取物語別記補訂』(新典社/新典社研究叢書二〇二、二〇〇九年八月。附録二「初期散文の解釋文法」)、『国語構文の成分機構』(新典社/新典社研究叢書一四〇、二〇〇二年三月。第二部「文体の融合」)。

［補論二］近代小説の表現解析

老婆論理と下人論理

―― 芥川龍之介の羅生門 ――

ねえ月よ　朝は来るのかい
僕の先には　ページはあるかい

――佳納子

表現と内容

本書の冒頭でも述べましたが、文学作品を読むうえで、そこに「何が」書かれているのかを理解するのはもちろん大切なことなのですけれども、文学作品が言葉による藝術である以上、それが「どう」書かれているかを解明することを、忘れることはできません。ここまで、主に平安時代の文学作品の表現について考えて来ましたが、同じことは、平安文学だけではなく、文学作品全般において言えることです。

近代の文学作品だと、古典文学を読む時のような、言葉に対する障壁がない分、ともすると表現を十分に吟味することをしないままに内容を考えようとしてしまいがちです。——細かいところを気にするまでもなく、書かれていることは簡単に理解できる、何しろ我われは、毎日現代日本語を使って生活しているのだから……。

言葉の意味自体を、さしたる苦労もせずに読み取ることができることで、かえって表面的に判ったつもりになってしまっている恐れがないとは言えません。けれども、判ったつもりなのと、判ったのとはまったく別のことですから、「判ったつもり」を確実に「判った」にして行く努力をしなければならないのは、近代の文学を読む時にも変わりはありません。作品の内容が表現と一体になったものである以上、表現の理解を蔑ろにしては、内容を十分に理解することはできません。

そういう観点から、近代の小説を取り上げて、書かれていることをしっかりと捉えて行くにはどのようにしたら良いか、ということを考えてみます。そのためには、何となくの感覚で大雑把に捉えるのではなしに、作品に書かれている表現を丁寧に読んで行く、という当たり前のことをするほかにはありません。

下人の逡巡

芥川龍之介の『羅生門』には、下人が、生きて行くために盗人になることを決断するまでの過程が描かれています。京都の町が「地震とか辻風とか火事とか饑饉とか云ふ災《わざはひ》」のために寂れてしまったことの「小さな余波」で主人から「暇を出され」た下人は、仕事も住居も失って「途方に暮れてゐ」ました。それで、「行き所がなくて」羅生門の下に佇んでいます。

そこで、下人は、何を措いても差当り明日の暮しをどうにかしようとして――云はゞどうにもならない事を、どうにかしようとして、とりとめもない考へをたどりながら、さつき

から朱雀大路にふる雨の音を、聞くともなく聞いてゐたのである。(註二)
「どうにもならない事を、どうにかし」なければ――生活の糧を得ることができなければ、生きて行くことができません。けれども、下人はそれを失って、再び手に入れる目途もないのです。

どうにもならない事を、どうにかする為には、手段を選んでゐる遑《いとま》はない。選んでゐれば、築地《ついぢ》の下か、道ばたの土の上で、饑死《うゑじに》をするばかりである。さうして、この門の上へ持つて来て、犬のやうに棄てられてしまふばかりである。選ばないとすれば――下人の考へは、何度も同じ道を低徊《ていくわい》した揚句に、やつとこの局所へ逢着した。しかしこの「すれば」は、何時までたつても、結局「すれば」であつた。下人は、手段を選ばないといふ事を肯定しながらも、この「すれば」のかたをつける為に、当然、その後に来る可き「盗人《ぬすびと》になるより外に仕方がない」と云ふ事を、積極的に肯定する丈の、勇気が出ずにゐたのである。

下人は、「饑死をする」か、そうならないために「盗人になる」か、逡巡しています。饑死をしないためには「盗人になるより外に仕方がない」と思いながらも、その踏ん切りを付ける勇気が出ずにいるのです。「饑死をする」ことと「盗人になる」こと――下人はこれを対立する善悪の軸として捉えていて、生きるためには悪を選ぶしかないと判っていながら、その選択をする決断ができずにいます。

老婆の論理

その下人の考えを大きく変えたのが、羅生門の楼上での、女の死骸から髪を抜いていた老婆との出会いでした。老婆が何のためにそんなことをしているのかは判らないながら、それを見ていた下人の心には、老婆の行為を憎む気持ちが湧き起こって来ます。

その髪の毛が、一本づゝ抜けるのに従つて、下人の心からは、恐怖が少しづゝ消えて行つた。さうして、それと同時に、この老婆に対するはげしい憎悪が、少しづゝ動いて来た。――いや、この老婆に対すると云つては、語弊があるかも知れない。寧《むしろ》、あらゆる悪に対する反感が、一分毎に強さを増して来たのである。この時、誰かがこの下人に、さつき門の下でこの男が考へてゐた、饑死をするか盗人になるかといふ問題を、改めて持出したら、恐らく下人は、何の未練もなく、饑死を選んだことであらう。それほど、この男の悪を憎む心は、老婆の床に挿した松の木片《きぎれ》のやうに、勢よく燃え上り出してゐたのである。

下人には、勿論、何故老婆が死人の髪を抜くかわからなかつた。従つて、合理的には、それを善悪の何れに片づけてよいか知らなかつた。しかし下人にとつては、この雨の夜に、この羅生門の上で、死人の髪の毛を抜くと云ふ事が、それ丈で既に許す可《べか》らざる悪であつた。

老婆が死骸の髪を抜く行為を、下人は「許す可らざる悪」として認識しました。そして、その老婆に対してのみならず、「あらゆる悪に対する反感」を感じて、「悪を憎む心」が「燃え上」ったのです。下人が盗人になるのを逡巡していたのは、それが悪を選択することになるからなのですから、盗人になることもまた、老婆の行動と同じ「許す可らざる」ものだということになります。

下人が、逃げようとする老婆を摑まえて死骸から髪を抜いていた理由を問い詰めると、老婆はこう答えます。

「この髪を抜いてな、この髪を抜いてな、鬘《かづら》にせうと思うたのぢや。」

老婆は、生活の糧を得るために、死骸から髪を抜いて売ろうとしていたのです。それが老婆にとっての「どうにもならない事を、どうにかする」方法だったと言えるでしょう。

下人の、憎悪と侮蔑の気持ちを感じ取った老婆は、自分がしていたことについて、次のようなことを語ります。

「成程な、死人《しびと》の髪の毛を抜くと云ふ事は、何ぼう悪い事かも知れぬ。ぢやが、こゝにゐる死人どもは、皆、その位な事を、されてもいゝ人間ばかりだぞよ。現在、わしが今、髪を抜いた女などはな、蛇を四寸ばかりづゝに切つて干したのを、干魚《ほしうを》だと云うて、太刀帯《たてはき》の陣へ売りに往んだわ。疫病《えやみ》にかゝつて死なんだら、今でも売りに往んでゐた事であろ。それもよ、この女の売る干魚は、味がよいと云うて、太刀帯どもが、缺かさず菜料に買つてゐたさうな。わしは、この女のした事が悪いとは思うてゐぬ。せねば、饑死をするのぢやて、仕方がなくした事であろ。されば、今又、わしのしてゐた事も悪い事とは思はぬぞよ。これとてもやはりせねば、饑死をするぢやで、仕方がなくする事ぢやわいの。ぢやて、その仕方がない事を、よく知つてゐたこの女は、大方わしのする事も大目に見てくれるであろ。」

老婆は、自身の行為を、善悪では律し切れない「仕方がない事」だと言います。髪を抜いた相手の女も「仕方がなく」蛇を売っていたのだから、老婆の行為が「仕方がない事」であることを理解して、それを「大目に見てくれる」というのです。

老婆の主張を整理すれば、次のようなことになるでしょう。

・死んだ女が蛇を魚と偽って売っていたのは、饑死をしないために「仕方がなく」やっていた行為だから悪いことではない。
・自分は生きるために「仕方がなく」死骸から髪を抜いている。
・死んだ女は髪を抜くのが生きるために「仕方がない事」だと知っているから、自分の行為を「大目に見てくれる」。

饑死をしないために「仕方がなく」する行為は許される――それが、死骸から髪を抜く自身の行為を正当化する老婆の論理でした。

老婆は最初に、女の髪を抜くことを、「何ぼう悪い事かも知れぬ。」と言っていますが、その直後には「悪い事とは思はぬ」とも言っています。それで、一見、ここに矛盾があるように見えるかもしれません(註二)けれども、発言の冒頭の「成程な、」は、下人の態度を承けての言葉で、「悪い事かも知れぬ。」と言ったのも、自身の行為を悪と認めたのではなく、あくまでも下人が善悪で評価していることを否定するための前提でした。死骸の髪を抜くことが、下人から見れば「悪い事」に感じられるだろうと言っているのであって、老婆の判断を示したものではありません。下人の立っている善悪の軸に則れば悪だけれども、いまはその軸の上に立つ場合ではなく、「仕方がなくする」行為はこの軸の上にはない、というところに老婆の本音があります。目の前にいる下人が、老婆の行為を善悪の軸で捉えて悪と判断している——そしてそれが、一般的な価値基準であるのに違いないのですから、まずはそういう立場があることを認めたうえで、それとは異なる自分の立場を表明しようとしたのです。

下人はそれまで、「饑死をする」か「盗人になる」かの選択を、善悪の軸でしか捉えていませんでした。それで、自分が生きるために悪を選ぶことを躊躇っていたのですけれども、老婆の論理はそれとは違ったものでした。善悪とはまったく別の軸の上にある、生きるためには

「仕方がない」という選択肢があること、そしてそれは、相手から「大目に見て」もらえるものであることが、老婆によって示されたのです。それを聞いた下人には、羅生門の下で考えていた時には決断することのできなかった、盗人になる勇気が出て来ます。

「きつと、さうか。」

老婆の話が完《をは》ると、下人は嘲るやうな声で念を押した。さうして、一歩前へ出ると、不意に右の手を面皰《にきび》から離して、老婆の襟上《えりがみ》をつかみながら、嚙みつくやうにかう云つた。

「では、己《おれ》が引剝《ひはぎ》をしようと恨むまいな。己もさうしなければ、饑死をする體なのだ。」

下人はこう言い放つと、老婆から着物を奪って逃げ去ります。

下人は、すばやく、老婆の着物を剝ぎとつた。それから、足にしがみつかうとする老婆を、手荒く死骸の上へ蹴倒した。梯子の口までは、僅に五歩を数へるばかりである。下人は、剝ぎとつた檜皮色《ひはだいろ》の着物をわきにかゝへて、またゝく間に急な梯子を夜の底へかけ下りた。

下人は、老婆が語った死骸から髪を抜く――他者のものを奪うことを正当化する論理を承けて、引剝を働いたのです。「饑死をする」か「盗人になる」かを善悪の軸で判断して択一する考えを捨てて、「せねば、饑死をする」のだから「仕方がない事」だと考えを転換させて、盗人になる決心が付いたのです。

ここでは併せて、下人が「不意に右の手を面皰から離し」たことにも、着目しておく必要があるでしょう。下人が面皰を気にしていることは、作品冒頭の場面から描かれていました。

下人は七段ある石段の一番上の段に、洗ひざらした紺の襖《あを》の尻を据ゑて、右の頰に出来た、大きな面皰を気にしながら、ぼんやり、雨のふるのを眺めてゐた。

老婆から引剝をする直前にも、「大きな面皰を気に」する、同じような描写が見られます。

下人は、太刀を鞘にをさめて、その太刀の柄《つか》を左の手でおさへながら、冷然として、この話を聞いてゐた。勿論、右の手では、赤く頰に膿《うみ》を持つた大きな面皰を気にしながら、聞いてゐるのである。

それまで「面皰を気にし」ていた下人が、盗人になることを決断した時に面皰から手を離したのは、青年らしい理想論を捨てて、大人としての現実論へ転換したことを示しています。（註三）そのことによって、下人が盗人として生きて行く将来がある、ということでしょう。

下人の論理

ただ、下人がその時に、何故、老婆の着物を剝ぎ取ったのか、ということには疑問があります。下人は、「どうにもならない事を、どうにかする為」に盗人になることを決断したのです。けれども、そのために奪ったものが老婆の着物だけだったというのは、目的に適った行動だと言えるのでしょうか。生きて行くためには、金目のものを奪う必要があるはずです。けれども、下人が奪ったのは、さほどの価値があるとも思われない老婆の着物でした。それに、着物にも多少なりとも換金性があるのだとしても、羅生門の楼上には、老婆の着物だけではなく、ほかにも死骸が着ていた着物があったのです。

見ると、樓の内には、噂に聞いた通り、幾つかの死骸が、無造作に棄てゝあるが、火の光の及ぶ範囲が、思つたより狭いので、数は幾つともわからない。唯、おぼろげながら、知れるのは、その中に裸の死骸と、着物を着た死骸とがあるといふ事である。勿論、中には女も男もまじつてゐるらしい。

この部分は、下人の視点で書かれています――「見ると」は下人の動作です――から、下人が「着物を着た死骸」があることを認識していたのは間違いありません。下人にとって、老婆の着物を奪い取るのが難なくできることだったとしても、死骸の着ている着物を奪うことは、それより遙かに容易だったでしょう。けれども、下人は死骸の着ていた着物には、まったく興味を示していません。さらに言えば、「着物を着た死骸」がいくつもあったということは、着物がそれほど価値のあるものではないことを暗に示しています。着物に換金性があるのだとしたら、樓上にあるのは「裸の死骸」ばかりになっていたはずです。老婆の着ていた着物が、死骸が着ていた着物に比べて格段に高価なものだったとも考えがたいですし、作品の中にもそれを示唆するようなことはひと言も書かれていません。

「裸の死骸」があったということから、着物がまったく無価値のものだったわけではないと言えるのかもしれませんが、もしそうだとしても、下人が老婆の着物を金銭的な目的で奪ったのなら、死骸の着た着物にも眼を付けるのが自然でしょう。そもそも、老婆が死骸から髪を抜いて鬘にしようとしていたのは、それを売って生活の資金に宛てるためです。老婆が抜いた女の髪を奪い取れば、確実に金銭を手に入れることができたはずなのに、下人はそうはしませんでした。そこに、考えてみるべき問題があると思います。

『羅生門』が、『今昔物語集』巻第二十九「羅城門登上層見死人盗人語《らせいもんのうはこしにのぼりてしにんをみたるぬすびとのこと》第十八」の内容を下敷きに書かれていることは良く知られています。『今昔物語集』には、次のようにあります。

盗人、「此《こ》ハ何ゾノ嫗ノ、此《かく》ハシ居タルゾ。」ト、問《とひ》ケレバ、嫗、「己《おのれ》ガ主《あるじ》ニテ御《おはし》マシツル人ノ失《うせ》給ヘルヲ、繚《あつか》フ人ノ无ケレバ、此《かく》テ置奉《おきたてまつり》タル也。其ノ御髪ノ長《たけ》ニ餘《あまり》テ長ケレバ、其《それ》ヲ抜取《ぬきとり》テ鬘《かつら》ニセムトテ抜ク也。助ケ給ヘ。」ト、云《いひ》ケレバ、盗人、死人ノ着タル衣《きぬ》ト、嫗ノ着タル衣ト、抜取テアル髪トヲ奪取《ばひとり》テ、下走《おりはしり》テ迯《にげ》テ去《さり》ニケリ。(註四)

『今昔物語集』では、盗人が「嫗ノ着タル衣」だけではなく、「死人ノ着タル衣」と「抜取テアル髪」とを盗んで行くのです。辺りにあるものを根こそぎ奪って行ったので、着物自体にはさほどの価値がなかったのだとしても、ゼロではない以上、奪い取れる限りのものをすべて奪い取るのが、盗人の行動としてはむしろ自然です。それに対して、『羅生門』の下人は、老婆の着物しか奪っていません。『今昔物語集』における死骸は、髪を抜かれていた「死人」一人のもので、複数ではなさそうだという違いはありますが、それにしても、その死骸の着物を奪ったか奪わなかったかには、大きな違いがあるでしょう。

芥川は、当然、『今昔物語集』の内容を知っていたのですから、それを敢えて変えたということです。『羅生門』でも、その場には『今昔物語集』で言う「死人ノ着タル衣」と「抜取テアル髪」があったことが明示されていますから、「死人ノ着タル衣」があることが意識されていなかったわけでもありません。それなのに、下人が奪ったのが老婆の着物だけだった――下人が奪い取るものとして選んだのが老婆の着物だけだったということは、非常に大きな問題です。それは、たとえば、引剝をしてから逃げ出すことに夢中になっていて余裕がなかった、とか、初めての盗みで慌てていた、などというような場当たり的な理由で説明ができることではないだろうと思います。

先ほど引用した部分と重なるところがありますが、この場面での下人の態度の描写を、改めて引用します。

下人は、太刀を鞘にをさめて、その太刀の柄を左の手でおさへながら、冷然として、この話を聞いてゐた。勿論、右の手では、赤く頰に膿を持つた大きな面皰を気にしながら、聞いてゐるのである。しかし、之を聞いてゐる中に、下人の心には、或勇気が生まれて来た。それは、さつき門の下で、この男には缺けてゐた勇気である。さうして、又さつきこの門の上へ上つて、この老婆を捕へた時の勇気とは、全然、反対な方向に動かうとする勇気である。

下人は、老婆の話を聞いて、これから自分がどのような行動を起こすか、冷静に考えて判断を下しています。けっして、衝動的な行動を取ったわけではないのです。そうであれば、下人が老婆の着物だけを奪ったことには、何らかの意味が籠められているのではないかと考えてみる必要がありそうです。

ところで、先ほど引用した場面に「着物を着た死骸」があるという記述がされていましたが、それは作品の展開のうえで必要なことだったのでしょうか。老婆が死んだ女の髪を抜いていたことを書くのは必然だったとしても、下人は老婆の着物しか奪わなかったのですし、「着物を着た死骸」——死骸が着ていた着物がこの後の場面に現われることもありません。だとしたら、そんなことは書かない方が、読者に余計な情報を与えずに済むはずで、下人が奪うものを老婆の着物だけに限定したのであれば、「着物を着た死骸」があることを読者に伝える必要はなかったようにも思われます。『今昔物語集』にあったからつい書いてしまった、ただの無意味な素材の残骸だった可能性が、まったくないとは言い切れないかもしれませんが、意味がないということを確定することは困難なのですから、まずはそこに何か意味が籠められていないか、考えてみるべきです。どのような意図があって、それが下人の目に入っていたことをわざわざ書いたのでしょうか。

ここには、下人の、老婆の論理の受け取り方に関わる問題があると思います。盗人になるために悪を選択する決断ができずにいた下人にとって、老婆の論理はその格好の口実になるものでした。(註五)老婆の論理が正しければ、下人はそれを自分の行動に適用することによって、善悪のどちらであるかを考えることなく、「仕方がなく」盗人になることができるのです。逆に、老婆の論理が正しくないのであれば、盗人になるのは悪だということになって、悪を働く勇気の出ないままでは盗人になることができません。ですから、下人が盗人になるためには、老婆の論理が正しいことを証明しなければなりません。どうしたら、それを証明できるのでしょうか。

老婆の論理は、自分が生きて行くためには他者に対して「仕方がない」ことをしなければならない、「仕方がない」ことなのだからそれは悪ではない、というものでした。死んだ女も生前に「仕方がない」ことをしていたのだから、髪を抜く老婆の行為を「大目に見てくれる」、という理屈です。けれども、この老婆の論理は、その正しさを証明することが困難です。老婆の論理が正しいと判断するには、髪を抜かれていた女が老婆の行為を「大目に見てくれる」ことが必要です。「大目に見」るかどうかを決めることのできるのは、むろんのこと当の女にほかならないのですけれども、その女は既に死んでしまっているのです。死んだ女が自身に対する老婆の行為をどう考えているかを表明することはできない以上、女が老婆の行為を「大目に見てくれる」と判断することはできません。

老婆の論理を女が証明することができないとしたら、代わりに証明することができるのは、その論理を表明した老婆以外にはありません。老婆は生きているのですから、自身に対する「仕方がなくする」行為を「大目に見」ること——自身が表明した論理を是認することによって証明することが可能です。そこで下人は、老婆の論理を、老婆に証明させようとしたのです。(註六)それは、老婆の論理における死んだ女と老婆との関係を、現在の老婆と下人との関係に置き換えることによって実現することができる、というのが下人の目論んだところだったのでしょう。

わし【下人】は、この女【老婆】のした事が悪いとは思うてゐぬ。せねば、饑死をするのぢやて、仕方がなくした事であろ。されば、今又、わし【下人】のしてゐた事も悪い事とは思はぬぞよ。これとてもやはりせねば、饑死をするぢやで、仕方がなくする事ぢやわいの。ぢやて、その仕方がない事を、よく知つてゐたこの女【老婆】は、大方わし【下人】のする事も大目に見てくれるであろ。

つまり、下人が老婆に対して引剥を働いたとしても、老婆はそれを「仕方がない事」として「大目に見てくれる」、そのことによって初めて、老婆が死骸の髪を抜いていた行為が正当化される、老婆の論理の正しいことが証明されれば、その論理に従って盗人になることができる、と下人は考えたということです。

下人はこの時点ではまだ盗人ではなく、盗人になることを決断しようとしている段階です。下人が老婆から着物を奪ったのは金品を得ることが目的なのではなくて、「「盗人になるより外に仕方がない」と云ふ事を、積極的に肯定する」ためでした。引剥をするのは、老婆の論理の正しさを証明するためなのですから、奪い取るものが老婆の所有物である必要があります。死骸が着ていた着物や、老婆が女から抜いた髪を奪ったとしても、そのことを「大目に見てくれる」べき相手は既に死んでしまっているのですから、下人の行動には、関わりがありません。下人にとって、老婆の所有物である着物以外のものは必要ではなかったのです。「着物を着た死骸」があると書かれていたのは、下人が死骸の着物を選ばなかったことを示す意図があったのでしょう。また、その場面に、死骸の中には女のものもあったことが書かれていますが、これは『今昔物語集』にはない芥川の独自の表現で、下人はその死骸から髪を抜くことも可能だったのにそうはしなかった、ということを示しているのだと思います。下人が老婆の着物を奪い取ったのは、盗人としての行動ではなく、盗人になるための行動でした。

老婆の論理は、老婆自身が引剝に遭って、それを「仕方がない事」として「大目に見」ることで証明される、というのが下人の理屈で、それによって、下人が盗人になることが正当化されるということです。盗人として行動しているのであれば、奪えるものすべてを奪い取るのでしょうけれども、この時点での下人の目的は、盗人になることだったのですから、そのために必要なもののみを奪い取ったのです。下人が盗人になるための論理を手に入れることができれば、「梯子の口までは、僅に五歩を数へるばかり」――盗人になることができるまであと僅か、ということになるでしょう。

末尾の改訂

周知のことですが、『羅生門』の末尾の一文は、発表された後、二度の改訂が行なわれています。(註七)

下人は、既に、雨を冒して、京都の町へ強盗を働きに急ぎつゝあつた。

(初出。『帝国文学』大正四年一一月)

下人は、既に、雨を冒して、京都の町へ強盗を働きに急いでゐた。

(初収。『羅生門』阿蘭陀書房、大正六年五月)

下人の行方は、誰も知らない。

(再録。『鼻』春陽堂、大正七年七月)

初出から初収への改訂は、辞句の微修正ですけれども、決定的なのは、初収から再録への改訂で、それまで下人が「強盗を働きに急」ぐとされていたものが、そうとは限定されなくなっています。前者では、下人が「強盗」になるのは間違いのないところですけれども、後者では、「強盗」になったかもしれないし、ならなかったかもしれない、曖昧な形になっています。そのことに、どういう意味があるのでしょうか。

この本文の改訂が、後に書かれた『偸盗』（大正六年四月、七月）という作品と関わりがあるという見方があります。『偸盗』は、『羅生門』の続篇とでも言えるような内容で、強盗になった者たちの生活が描かれています。この作品は、作家自身が失敗作だと考えていたと言われていて、「ヒドイもんだよ安い絵双子みたいなもんだ」（大正六年三月二九日。松岡譲宛書簡）とか、「何しろ支離滅裂だからこの頃支離滅裂なりに安心しちまつたがね」（大正六年四月二五日。同）などと、書き記しています。（註八）それ以後にも、『偸盗』を「大部分書き直しかけてゐる」（大正六年五月七日。同）という記述があって、実際に書き直したものが残されているわけではありませんけれども、芥川の生前に単行本として刊行された著作にこの作品が収録されることがなかったことからしても、これが失敗作だという意識があったと考えるのは、あながち筋違いではないのかもしれません。

それで、『羅生門』の末尾が、元々は『偸盗』の世界に繋がるものとして書かれていたのを、その失敗によってそういう末尾をやめて、『羅生門』だけで完結するように改訂された、ということにもなるようです。(註九)『偸盗』が完成した後の再録の時点で末尾が改訂されたのは、それと呼応している、と言えるのかもしれません。

けれども、作家の発言を素直に額面通りに受け取って、その作品を失敗作だと決めつけてしまうのは、短絡に過ぎるでしょう。さらにそれを理由に、完成した別の作品の書き変えまでした、と憶測することには慎重であるべきで、まずは作品そのものを、もっと真摯に読まなければならないと思います。

作家個人としての改訂の事情と、作品がどのように出来上がっているかという問題との間に、単純な因果関係を認定することはできません。仮に、『偸盗』が失敗したから『羅生門』を書き変えたという事情が本当にあったのだとしても、そのことと、『羅生門』という作品がどう読まれるべきか、ということとは、別の問題です。一つの作品の読解が、他の作品の存在を前提としなければ成立しないのだとしたら、その作品としての自立性と独立性とを、確保することができません。『羅生門』の末尾が改訂された意味は、そういう外的で消極的な要因で考えるのではなくて、『羅生門』という作品の内部の問題として考える必要があります。

なお、末尾の一文の改訂は、『今昔物語集』の同じ巻に収められている別の話「西市蔵《にしのいちのくらに》入盗人語《いりたるぬすびとのこと》第一」にある一節、「盗人ハ蔵ヨリ出《いで》テ行《ゆき》ケム方ヲ不知《しら》ズ。」によったものだとも考えられていて、（註一〇）それ自体には妥当性があるようにも感じられますけれども、その可能性と、『羅生門』の末尾がそういう形に変えられた必然性とは関係がありません。ヒントになるようなものがあったから変えた、では、理由の説明にはならないのです。そういう表面的な問題とは別に、『羅生門』の末尾が「下人の行方は、誰も知らない。」に変えられることによって、作品がどのように変わったのかを考える必要があるでしょう。あくまでも、作品の中に理由を求めるのでなければなりません。

下人の行方

そこで、老婆の論理と下人の論理に戻ってみることにします。

老婆は、死骸の髪を抜くのは善悪の問題ではなく「仕方がなく」することだから、相手がそれを「大目に見てくれる」と主張しました。下人は、その老婆の論理を、自分が行動するための論理として受け入れた――ように見えます。けれども、下人の論理には、老婆の論理とのずれ、あるいは老婆の論理のずらしがあるのではないでしょうか。それが「ずれ」なのか「ずらし」なのかは、一旦保留して考えを進めます。

老婆が死骸から髪を抜かなければならないことと、下人が盗人にならなければならないことには、大きな違いがないとも言えそうです。どちらも饑死をしないための「仕方がない事」なのですから、老婆の論理と下人の論理とは、同じもののようにも思われます。

けれども、女が髪を抜く老婆の行為を許すのと、老婆が引剝をする下人の行為を許すのとは、まったく別の話です。女と老婆とには、決定的な違いがあって、それは、女が既に死んでいるのに対して、老婆がまだ生きている、という点です。老婆は死者ではなく、「仕方がない」ことをしながら生きて行かなければいけない生者なのです。そう考えれば、老婆が女に対して適用した論理は、下人が老婆に対する場合にも無条件で適用することのできるものではありえないことが判るでしょう。

老婆は、女が蛇を魚と偽って売ったことを「仕方がない事」とは言っていますけれども、蛇を買わされていた太刀帯の陣の人たちが女の行為を許すかどうかは問題視していません。つまり、老婆の論理は、髪を抜く老婆と髪を抜かれる女との関係においてのみ成り立つものでしかなく、それ以上の普遍的な意味を持つものではないのです。老婆の論理は、あくまでも老婆の行為を正当化するためのものに止まって、下人が盗人になって他者から金品を――時には生命までも――強奪することの是非に援用できるものではありませんでした。

下人の論理は、老婆と死んだ女との関係で成り立っていた老婆の論理を、下人と生きている老婆との関係に置き換えることによって成り立っています。けれども、老婆の論理は、そういう拡大解釈――それが生きている老婆自身に適用されることを想定したものではなかったはずです。奪われる側の人間は、生きている限り、奪う側の行為を「仕方がない事」として肯定することはできません。他者に自身の所有物を奪われることを許容したら、生きて行くことができないからです。老婆は、自分が生きるための行為を正当化しようとしましたけれども、だからと言って、自分が引剝に遭うことまで肯定しているわけではありません。奪う側の行為を「大目に見」るためには、奪われる側の人間が死んでいる必要があったはずです。

下人が老婆から着物を「剝ぎとつた」場面に、「それから、足にしがみつかうとする老婆を、手荒く死骸の上へ蹴倒した。」とありました。老婆が下人の「足にしがみつかうと」したことには、自身に対する下人の引剝という行為を「仕方がない事」として「大目に見」るのを拒絶する姿勢が看て取れます。老婆が抵抗したところで、防ぐことはできるはずもないのですけれども、老婆に自身に対する引剝という行為を受け入れるつもりがないことは明らかです。

そして、下人が老婆を「手荒く死骸の上へ蹴倒」したことには、老婆を死者の側に置こうとする下人の意志が示されています。老婆の論理は、生者と死者との関係のうえで成り立っているものでした。そこで下人は、老婆の論理を自身の行動に適用するために、自身と老婆を、生者と生者の関係から生者と死者の関係に置き換えることを企てたのです。それは、生者が生きるために死者から奪うという、老婆の論理と同じ構図です。老婆を死者と同列に取り扱うことによって、老婆が下人の行為を「仕方がない事」として「大目に見てくれる」しかない状況に追い込んだのです。(註一二)

だとしたら、下人は、生きている老婆が引剝をけっして「大目に見てくれる」ことがないのを認識していたということになります。つまり、この場面は、下人が、老婆の論理を自身が盗人になるための論理にすり替えたことが象徴されていると見ることができるでしょう。生者であれば、引剝の対象になることを受け入れることはできませんけれども、死者であれば、生者が生きて行くのに「仕方がなくする事」を受け入れて「大目に見」るしかありません。より正確に言えば、死者が受け入れるというよりも、生者が一方的に、死者が受け入れたと判断する、ということになるでしょうか。死者には、生者のその判断に異を唱えることができないからです。下人は、自分を生者の側に、老婆を死者の側に位置づけることで、老婆の論理を、自分が盗人になるための論理として再構築したのです。

そのように考えれば、下人は、老婆の論理をそのまま自身に適用したわけではないことが判ります。盗人になる勇気は、老婆の論理を意図的に改変することによって獲得することができたのです。先ほど一旦保留した「ずれ」か「ずらし」か、ということからすれば、意図せず「ずれ」たのではなくて、敢えて「ずらし」たのだということです。下人は、自身の行為を正当化することが目的だった老婆の論理を、盗人になるための下人の論理に作り換えました。そして、その論理の正しさを老婆に証明させようとしたのです。けれども、実際には老婆が下人の引剝を「大目に見てくれ」たのではなくて、下人によって無理矢理「大目に見」させられたのに過ぎませんでした。下人の論理は見せかけで、盗人になることを完全に正当化できるものではなかったのです。

それは、形式的には完成しているように見えるとしても、内実が伴っていない不完全なものでしかありません。老婆の話を聞いた下人が、老婆を蹴倒す前に「嘲るやうな声で念を押した」のは、老婆の論理がそのままでは自身が盗人になるための論理にはならないのを認識していながらも、老婆の意図するところからずらした形式的な論理を証明して盗人になるために、老婆を利用することができることに気づいていたからでしょう。

そこで、下人が「夜の底へかけ下りた」時点では「強盗を働きに急いでゐた」のだとしても、実際に盗人になることになれば、その論理は破綻せざるをえません。老婆の論理が、自身と死者との関係においてのみ成り立っており、さらに下人の論理が、その老婆の論理をずらすことによって成り立っているのですから、「強盗を働きに急」いだその先にあるのは、最初に下人が直面していた善悪の軸で成り立っている現実の世界でしかなく、結局はそこに立ち戻らざるをえないのです。

そのことは、作品の末尾近くの部分に明確に示されています。下人が老婆から着物を奪って逃げ去った直後の部分に、こう書かれています。

暫《しばらく》、死んだやうに倒れてゐた老婆が、死骸の中から、その裸の體を起したのは、それから間もなくの事である。

老婆は、下人に蹴倒された後、「死んだやうに倒れてゐ」ました。下人は、老婆を死骸の上に蹴倒すことによって自身の論理を完成させて、「夜の底にかけ下り」ることに成功したのです。けれども、それは「暫」のことに過ぎず、老婆が「裸の體を起したのは、それから間もなくの事」だというのですから、老婆は、「間もなく」生者の側に戻って来てしまうのです。

これは、老婆を死者として扱うことによって盗人になるための論理を手に入れようとした下人の目論見が成り立たないことが露呈するのは時間の問題だ、ということを示していると言えるでしょう。にもかかわらず、下人は、盗人になることを決断して「夜の底へかけ下り」ているのです。

ここには、下人と老婆の行動の時間差が巧みに描かれています。下人は、「老婆を、手荒く死骸の上へ蹴倒」すことによって老婆が「死んだやうに倒れ」た直後に「夜の底へかけ下り」ていました。老婆が「體を起した」のはその後のことなのですから、下人は、老婆が生者の側に戻って来る姿を見ることはありませんでした。つまり、「夜の底へかけ下りた」下人は、まだ自分の論理が破綻することには気づいていないのです。言い換えれば、気づいていなかったからこそ、「夜の底へかけ下り」ることができたということです。

いささか想像を逞しくすれば、それが『偸盗』で描かれることになる盗人たちの世界に繋がっていると言っても良いのかもしれません。ただし、これは『偸盗』が失敗作かどうかという、先ほど触れた議論とは別の次元の事柄です。そういう作品の外の問題ではなくて、『羅生門』という作品の読みの問題です。

『偸盗』では、実際に盗人になった者たちが「強盗を働」くのですけれども、そこでは盗まれる側の人たちが盗人たちの行為を「仕方がない事」として「大目に見てくれる」余地はありません。作品の中では、盗人一味が、襲撃した屋敷の人びとの激しい反撃に遭って手痛い打撃を受けて、手負いの者、命を落とす者を出すのです。一味の中心的な人物の一人である次郎も、何とかその場を遁れはしたものの、獰猛な野犬の群れに襲われて、絶体絶命の危機を迎えることになりました。

そう考えれば、「どうにもならない事を、どうにかする」のは、盗人になれば解決できる問題ではなかったことが判ります。そこにあるのは、奪う者と奪われる者とが、お互いに生きるために殺すか殺されるかの争いをくり返す、生と死とが背中合わせになっている世界でした。下人が盗人になったとしたら、奪われる者が下人の行為を「仕方がない事」として「大目に見てくれる」ことはないという現実に向き合うことになるはずです。

「下人が盗賊になる物語」(註一二)というのが、『羅生門』の最も簡潔な要約だとも言われます。けれども、初出と初収の本文ではそう言えるのだとしても、再録の本文になって、それが大きく変容したのです。『羅生門』という作品は、「強盗を働」く決断をすれば下人が生きて行くことができる、という単純な結末だったものが、末尾の一文の改訂によって、盗人になった後の世界にまで視野が拡がることになりました。(註一三)その時に、下人が善を選択して「盗人になる」ことを放棄するのか、悪を選択してそのまま盗人になることができるのか。――それが、「下人の行方は、誰も知らない。」という一文の意味するところだったのではないでしょうか。

註一　芥川龍之介『芥川龍之介全集　第一巻』（岩波書店、一九五四年一一月）。

註二　今野哲「「羅生門」論―生を希求するかたち―」（『二松』第五集、二松学舎大学大学院文学研究科、一九九一年三月）。

註三　小野隆「「羅生門」論―他者を見抜く物語―」（『専大国文』第七五号、専修大学国語国文学会、二〇〇四年九月）に、下人が面皰から手を離すのは、「若さの象徴から手を離すことによって、大人の判断をしている」という見解が示されています。従うべきでしょう。

註四　山田孝雄・山田忠雄・山田英雄・山田俊雄『今昔物語集　五』（岩波書店／日本古典文学大系二六、一九六三年三月）。

註五　小野隆「「羅生門」論―他者を見抜く物語―」（『専大国文』第七五号、専修大学国語国文学会、二〇〇四年九月）は、老婆の論理が、その場を逃れるためのただの言い訳で、それを見抜いていた下人が老婆の着物を剝ぎ取ることによって老婆の論理を破綻させた、という読み方を提示しています。けれども、言い訳であるかどうかはともかくとして、老婆の論理を否定したら、他人のものを奪う行為は悪だということになってしまいますから、悪を選択できずにいる下人が盗人になることはできなくなります。下人が盗人になる決断をするためには、善悪の軸とは違う立場に立つ老婆の論理を、より確かなものにする必要があったでしょう。

註六　今野哲「「羅生門」論―生を希求するかたち―」（『二松』第五集、二松学舎大学大学院文学研究科、一九九一年三月）には、老婆の論理が「空理空論でないことを下人に対して証明できるのは、他ならぬ老婆のみである」と指摘されています。

註七　芥川龍之介『芥川龍之介全集　第一巻』（岩波書店、一九九五年一一月。本文および「後記」）。

註八　芥川龍之介『芥川龍之介全集　第一六巻』（岩波書店、一九五五年六月）。

註九　海老井英次『芥川龍之介論攷―自我覚醒から解体へ―』（桜楓社、一九八八年二月。第二章「「羅生門」論―〈自我〉覚醒のドラマ―」）。

註一〇　吉田精一『芥川龍之介』（有精堂出版／近代文学注釈大系、一九六三年五月）。

註一一　三好行雄『芥川龍之介論』（筑摩書房、一九七六年九月。「無明の闇―「羅生門」の世界―」）には、老婆と下人が「お互いに悪を許しあった」という見解が示されています。けれども、作品の本文を素直に読めば、それが、老婆が下人の「足にしがみつかうと」したり、下人が「老婆を、手荒く死骸の上へ蹴倒した」りする行動と相容れないことに気づくことができるはずです。

註一二　前田愛『文学テクスト入門』（筑摩書房／ちくまライブラリー九、一九八八年三月。第五章「物語の構造」）。

註一三　塚原鉄雄「芥川龍之介の羅生門」（『二松』第六集、二松学舎大学大学院文学研究科、一九九二年三月）は、表現構成の観点から、再録の形態の末尾一文が「作品世界の枠外世界に位置づけられる」ことを指摘しています。内容に即応する表現を選択するための改変だったと言えるでしょう。

順を追って読むこと

“THE SIGN OF FOUR”（コナン・ドイル『四つの署名』新潮社／新潮文庫、一九五三年一二月。延原謙訳。第一章「推理学」）。

省略を想定する思考

‘IF NOT FOR YOU’（『ボブ・ディラン全詩集』晶文社、一九七四年三月。片桐ユズル訳）。

言葉の意味に忠実に

“THE MYSTERIOUS AFFAIR AT STYLES”（アガサ・クリスティ『スタイルズ荘の怪事件』早川書房／ハヤカワ文庫、二〇〇三年一〇月。矢沢聖子訳。第五章「ストリキニーネじゃないでしょうね?」）。

助動詞の表現と効果

“THE TWO GENTLEMEN OF VERONA”（『ヱローナの二紳士』早稲田大学出版部／沙翁全集第廿七編、一九二六年一二月。坪内雄蔵訳。第一幕第二場「同処　ジューリヤの家の庭園」）。

表現を受容する方法

「杯」（『鷗外選集　第二巻』岩波書店、一九七八年一二月）。

構文の認識を見直す

“FAHRENHEIT 451”（レイ・ブラッドベリ『華氏四五一度』早川書房／ハヤカワ文庫ＮＶ、一九七五年一一月。宇野利泰訳。第二部「ふるいと砂」）。

老婆論理と下人論理

「月」（佳納子組『この光があれば　この光だけで』二〇二一年五月）。

索引（引用文献著作者名）

保科　恵（ほしな　めぐみ）
1966年7月24日　横浜市出身
1990年3月　二松学舎大学文学部国文学科卒業
1996年3月　二松学舎大学大学院文学研究科博士後期課程修了
学位・専攻　博士（文学）・表現論
現職　日本大学・二松学舎大学非常勤講師
主著・主論文　『堤中納言物語の形成』（新典社，1996年5月），『入門　平安文学の読み方』（新典社，2020年4月）。
「竹取作者と羽衣説話―源流素材と作品形象―」（『研究と批評　論究』第40号，1994年7月），「形象視点と構成方法―芥川龍之介の小説「猿」―」（『表現研究』第61号，1995年3月），「短篇物語の文体構成―堤中納言程程の懸想―」（『文体論研究』第41号，1995年3月），「更級日記の解釈私考―古典文章の構文把握の検討資料として―」（『二松』第10集，1996年3月），「作品貝合の表現構成―堤中納言物語構文論―」（『講座平安文学論究　第16輯』風間書房，2002年5月），「異本本文と表現論理―枕冊子「十二月廿四日」「三月ばかり」段を事例として―」（『松籟』第1冊，2006年12月），「勢語四段と日附規定―「ほのぼのとあくる」時刻―」（『二松学舎大学論集』第58号，2015年3月）。

言葉《ことば》で繙《ひもと》く平安文学《へいあんぶんがく》　新典社選書 120

2024 年 3 月 4 日　初刷発行

著　者　保科　恵
発行者　岡元　学実

発行所　株式会社　新典社

〒111-0041　東京都台東区元浅草2-10-11　吉延ビル4F
TEL　03-5246-4244　FAX　03-5246-4245
振　替　00170-0-26932
検印省略・不許複製
印刷所 恵友印刷㈱　製本所 牧製本印刷㈱

ISBN 978-4-7879-6870-8 C1395
https://shintensha.co.jp/　E-Mail:info@shintensha.co.jp

新典社選書

B6判・並製本・カバー装　　＊10％税込総額表示